Annemarie Nikolaus: La nipote
Quick, quick, slow – Club di Danza Lietzensee

La nipote. *Quick, quick, slow – Club di Danza Lietzensee.* 2° edizione 2021
Autore Annemarie Nikolaus
Traduzione di Ilaria Igieni
Titolo dell'edizione originale tedesca: «Die Enkelin» Serie: *Quick, quick, slow – Tanzclub Lietzensee.*
Copyright © 2013-2021 Annemarie Nikolaus, F-03240 Tronget/Allier
Tutti i diritti riservati
Progetto di copertina © 2016 Design: Tine Sprandel, Foto: Sarune/andriuXphoto 2009, https://www.flickr.com/photos/andriuxuk/3990720635 CC Attribution-ShareAlike 2.0 Generic.
ISBN: 9782902412761

Annemarie Nikolaus

La nipote

Quick, quick, slow – Club di Danza
Lietzensee

Romanzo

1

«Avanti – avanti – a lato – chiudo...» La voce squillante di Ines Grube sovrastava la musica. Nove coppie si affannavano a seguire le indicazioni dell'istruttrice.

Madeline Lagrange sollevò le braccia contro il petto del suo compagno di ballo per aumentare la distanza. «Robert, mi stai schiacciando!»

Robert Merck increspò le labbra, ma allentò la presa. «Bene così?» La sua voce aveva un tono di scherno. «Non sapevo che fossi così fragile.»

Lei strabuzzò gli occhi. Intanto andò subito fuori tempo; Robert la afferrò di nuovo più forte.

Quando danzando passarono davanti alla porta aperta, lei lanciò un'occhiata al grande orologio sopra al bar.

Sembrava che nel frattempo si fosse fermato. L'ora non avrebbe dovuto essere quasi finita?

Il nonno sedeva al bancone e sembrava osservarla; i suoi piedi si muovevano a tempo. Anche dopo quasi vent'anni, non aveva ancora dimenticato nulla. Forse avrebbe fatto meglio a esercitarsi con lui, invece che con questo tizio irritante.

Ines spense la musica e ordinò una breve pausa.

«Mamma mia!» Madeline si asciugò il sudore dalla fronte con il dorso della mano. Poi si guardò i piedi. «Le mie calze nuove si saranno rovinate.»

«Ma anche perché tu metti sempre i tuoi piedi sotto ai miei.»

«Ah, allora è così!» Per caso lo trovava divertente? Lasciò Robert e andò al bar.

«La mia Madeline!» George Lagrange, con gli occhi raggianti, tese verso di lei un bicchiere di acqua minerale. «Sei di gran lunga più brava del tuo compagno. A proposito, chi è?»

Marga Fischer, che si occupava del bar oltre che dell'ufficio, allungò una mano verso il bicchiere vuoto di George per riempirlo ancora, tenendo nell'altra la bottiglia di vino rosso. «Tua nipote ha il ritmo nel sangue. Chissà da chi lo avrà ereditato?» Facendo l'occhiolino, gli versò il vino.

«Da mio figlio sicuramente no. Ha già fatto di nuovo saltare in aria mezzo laboratorio.»

Marga lo fissò esterrefatta. «No!» Rise nervosamente. «Mi stai di nuovo prendendo in giro!»

«Niente affatto. C'era ieri sul giornale.» Sulla sua fronte apparve una ruga di rabbia. «Ovviamente non me l'ha raccontato lui.» Prese il bicchiere a Marga e si voltò di nuovo verso Madeline. «Allora, chi è questo con cui balli?»

Lei alzò le spalle. «Robert Merck. Suo padre è più o meno un collega di Klaus Wächter.»

«Famiglia di poliziotti, dunque.» La ruga sulla fronte di George scomparve. Quando subito dopo Robert arrivò al bancone, diresse al ragazzo uno sguardo cordiale.

Robert si fece dare una birra da Marga. «Adesso me la sono guadagnata.»

«E con la guida, come la mettiamo?» chiese Madeline, tagliente. «Volevi accompagnarmi a casa.»

Lui arrossì fino alla punta dei capelli. Madeline nascose il suo divertimento dietro al bicchiere sollevato.

George si grattò il mento, pensieroso. «Ballerà ancora con noi, dopo il corso introduttivo?»

Lo sguardo di Robert si spostò su Madeline. «Il Club di Danza Lietzensee ha una notevole reputazione; mi piace.

Penso di sì – se si trova una compagna per il gruppo di ballo?»

«Ma certamente.» George annuì soddisfatto. «Allora, al successo.» Alzò il bicchiere in direzione di Robert. «L'ho osservata poco fa.»

«E? Cosa ne pensa?» Si irrigidì. «Posso sperare di diventare perfetto, un giorno?»

«Bah!» Madeline sbuffò. «Cosa sarebbe questo? *Fishing for compliments*, Robert?» Non si diede la briga di nascondere il suo disprezzo.

«Oggi non sai proprio stare allo scherzo, Madeline! Non ti ho mica pestato i piedi così spesso!»

George seguì lo sguardo istintivo di Madeline verso il basso. Sul piede destro aveva una macchia di sporco vicino alla caviglia. «Ballare con i sandali non è molto furbo. Comprati delle vere scarpe da ballo.»

«A che scopo? Se ci cammino in strada una volta, poi le posso buttare via.»

«Che lavoro fa, Robert?»

«Niente di speciale.» Alzò le spalle. «Ufficio distrettuale di Reinickendorf. Ma di sicuro non per tutta la vita.» I suoi occhi scintillarono. «Una carriera come ballerino da sala... Questo sì che è da farci un pensierino.»

«Ai miei tempi ebbi davvero un notevole successo. Quattro volte tra i primi tre al campionato tedesco; idem per due volte ai campionati del mondo.» Però il nonno non aveva mai vinto; questo lo taceva sempre ai giovani. «Mio padre partecipava già agli albori del ballo in formazione prima della seconda guerra mondiale. Madeline continua la tradizione di famiglia.»

Cosa gli saltava in mente? «Nonno!» Madeline scosse la testa. «Per ottenere un posto a Medicina, so già adesso come saranno riempiti i miei giorni fino alla maturità.»

«Sei così intelligente, Madeline. Non riesco proprio a immaginare che tu possa aver bisogno di così tanto tempo per studiare.» Robert cercò di prenderle la mano. «Si ricomincia.»

«Io sto ancora finendo di bere la mia acqua.» Madeline si ritrasse da lui e lo sventolò via in direzione della sala da ballo. «Va' pure.»

Robert, titubante, spostava lo sguardo avanti e indietro tra Madeline e la sala da ballo. Poi iniziò piano la musica: a breve Ines avrebbe ricominciato. Iniziò a muoversi, ancora esitante.

«Uff!» Madeline sospirò, quando fu fuori portata d'orecchio. «Mi. Dà. Sui. Nervi.»

«E perché mai? È davvero simpatico! E così ambizioso.»

«Non è proprio il mio tipo.»

George ridacchiò. «E chi sarebbe il tuo tipo?»

Lei guardò verso il soffitto, trasognata. «Alto, snello, con i capelli neri. Adulto.»

«Suona come se tu avessi in mente qualcuno in particolare. Ti sei invaghita di uno dei tuoi insegnanti?»

Madeline rise; non erano affari del nonno. «Allora io torno di là.»

Dopo due passi, però, si fermò. Trattenendo il respiro, fissò l'uomo che stava entrando in quel momento. Slanciato e con le spalle larghe; jeans e una t-shirt tanto stretta che sotto di essa si delineavano i movimenti dei suoi muscoli. E capelli neri, anche se un po' troppo corti per i suoi gusti. «*Wow!*» Espirò lentamente. Lo aveva forse appena evocato lei?

Continuando a guardare l'uomo con la coda dell'occhio, si voltò verso Marga. «E questo chi è?»

«Chris Rinehart, il nostro *caller!*»

«Eh?» E cosa significava?

«Madeline!» Robert le fece un cenno brusco e con un sospiro lei si rimise in movimento.

Lo sguardo di Chris si incollò su Madeline, che camminava verso la sala da ballo con evidente svogliatezza. Il suo bel viso era irrigidito in una smorfia arcigna. Cosa ci faceva qui quella ragazza, se non aveva alcuna voglia di ballare?

«Buonasera, Chris!» Marga lo strappò alle sue riflessioni. «Ho provveduto alla sostituzione. Lo stereo non si poteva più riparare.»

George alzò le sopracciglia. «Sostituzione, Marga? Non è previsto nel nostro bilancio.»

«Neanche una riparazione. Ma va bene. Ho già parlato con Werner.»

La fronte di George si distese un po'. «Tu pensi sempre a tutto.»

Marga chinò rapidamente la testa sul lavandino, in cui mise i bicchieri vuoti. George bighellonò verso la sala da ballo. Chris si unì a lui e si appoggiò contro il telaio della porta.

La maggior parte delle coppie offrivano sempre una scena pietosa. E quella che allestiva Madeline con il suo compagno era più simile a un incontro di lotta che a un valzer lento. Perché non lasciava che fosse lui a condurre, come si conveniva? Era evidente che quel ballo non faceva per lei.

I loro sguardi si incrociarono; Chris non poté fare a meno di sorriderle. Lei arrossì e distolse velocemente lo sguardo. Chris non voleva guardare da un'altra parte. La ciocca rosso vino, nella sua chioma scarmigliata biondo scuro, dava un tocco audace che lo affascinava. Si confaceva alla zuffa con il compagno.

«Il corso per una sera potrebbe anche durare di più, così mostro loro qualche passo di *square dance*» disse a George.

George si impuntò. «Questo è un corso introduttivo di ballo liscio!» Si schiarì la gola e poi la sua voce suonò meno brusca. «Come circolo, è già abbastanza problematico organizzare un corso.»

Marga storse gli occhi; dopodiché Chris rinunciò a replicare.

2

Naturalmente, durante il successivo pasto insieme ai famigliari, George aveva parlato con entusiasmo di quanto fosse orgoglioso di avere di nuovo una ballerina da sala in famiglia. Konstanze, la madre di Madeline, gli ricordò che Madeline adesso doveva studiare per la maturità: lui questo ancora lo accettava. Tuttavia si offese un pochino, quando Madeline dichiarò che studiava danza solo per "uso domestico": come futura dottoressa, doveva proprio esserne capace. Allora lo consolò con la promessa che dopo il corso avrebbe continuato a frequentare il gruppo di ballo. Per allora, si sarebbe liberata di Robert.

Venerdì nel tardo pomeriggio, però, era ancora seduta alla scrivania a studiare per un esame. A un certo punto, si perse a leggere gli ultimissimi articoli di medicina sulle pagine di *PloS One*. La ricerca sarebbe effettivamente un'alternativa appassionante alle missioni all'estero con "Medici Senza Frontiere". Invece dello schermo, osservò pensierosa il poster dell'Africa alla parete.

«Madeline, telefono!» la strappò alle sue riflessioni Konstanze.

Saltellò giù per la scala; Konstanze le porse il ricevitore.

«Hai spento il cellulare?» tuonò contro di lei la voce arrabbiata di Robert.

«Sì, ovvio. Sto studiando.»

«Lo sai che ore sono?»

Lei guardò l'orologio da polso. «Non era affatto necessario telefonare per chiedermelo!»

Quando Robert esplose, lei tenne il ricevitore lontano da sé, storcendo gli occhi.

«Perché non hai semplicemente disdetto?» gridò Konstanze dalla cucina.

Madeline sospirò e tenne una mano sul ricevitore. «Il nonno resterebbe deluso, maman.» – Si rivolse nuovamente al telefono. «Senti, Robert. Se vuoi dirmi che farei meglio a incamminarmi, allora modera i toni.»

«Ovvio che vorrei tu venissi. Chiama un taxi, così sei ancora in orario. Pago io.»

Guai a lui se avesse osato dire una parola, quando lei fosse arrivata.

Robert la stava aspettando al bar; si era calmato. «Marga, posso avere una birra per me e per Madeline?»

«Robert, tu hai qualche rotella fuori posto.» Madeline lo lasciò lì.

Nella piccola sala da ballo, una coppia stava alla finestra e chiacchierava a bassa voce. Vista l'esperienza del corso, Madeline si presentò soltanto con il nome di battesimo.

La ragazza le diede la mano. «Io sono Tanja e questo è mio fratello Axel. È il mio compagno qui nel gruppo di ballo.» Compagno? Madeline la squadrò diffidente. Cioè qui non funzionava come in discoteca? Che bel pasticcio.

Robert si affacciò alla porta della sala con la lattina. «Allora, vuoi la birra o no?»

«No, grazie. Niente puzza di birra.»

Per un attimo, sembrò che si sentisse rimproverato; poi, con un'alzata di spalle, posò la sua birra accanto allo stereo. Però aveva già bevuto: quando la prese per mano per il primo ballo, le alitò addosso quell'odore stantio.

Durante il valzer lento, Robert si avvicinò così tanto da sfiorare quasi con le labbra l'orecchio di lei. Almeno le sue orecchie non potevano sentire il suo alito impregnato di birra.

Poi le pestò un piede con tutta la sua forza. «Dovremmo proprio accettare l'offerta di tuo nonno e farci allenare da lui.»

«Non ho tempo» sibilò lei, con voce rotta dal dolore. «Devo studiare.»

«Una volta a settimana. Dai, accetta.»

«Questo qui è una volta a settimana, Robert.»

La musica si fermò; Ines venne verso di loro. «Madeline, cedimi il tuo compagno per un minuto.»

Oh, molto volentieri! Ines si assunse la guida e fece in modo che lui tenesse la testa nella posizione corretta.

Lui, però, non la prese troppo sul serio; dopodiché, si incollò di nuovo a Madeline. Lo sguardo speranzoso all'orologio dopo ogni giro le venne presto impedito dai ballerini che si radunavano al bar. Continuò a ballare, rassegnata.

Quando l'ora fu terminata, lo spazio davanti al bancone era così pieno di gente, che lei riuscì a malapena a passare. Un biondo allampanato fece all'improvviso un passo indietro e Madeline gli pestò i talloni.

«Scusa!»

Lui si voltò e lei guardò dentro a due allegri occhi grigioazzurri. «Ottima performance! Che una donna mi calpesti da dietro, mi capita raramente!» La afferrò per la vita con entrambe le mani. «Una volta mi piacerebbe ballare con te!» La spinse più avanti.

Lì per lì, lei voleva replicare indignata all'abbordaggio, ma la sua risata la riappacificò. «E non vorresti iscriverti al ballo di carnevale?» Avrebbe ballato con chiunque, piuttosto che con Robert.

«È fra troppo tempo, per me!» Continuò a ridere. La spinse ancora un passo più lontano e poi la lasciò.

«Prova ad andare in letargo» ribatté lei.

Lui si chinò verso il suo orecchio e sussurrò. «Non dirlo a nessuno. Ho già dei piani migliori per l'inverno.»

Lei ridacchiò. «Senza di me? Allora di cosa ti lamenti?»

«Cos'altro mi resta da fare? La prossima settimana volo a Singapore.» Lui rise della sua faccia stupita.

Singapore! Che bambinone! A vederlo così, non sembrava potesse permetterselo. Continuando a sorridere, lei abbandonò le stanze del circolo. Comunque sia – in ogni caso faceva la conoscenza di persone simpatiche. Una figura con le spalle larghe e i capelli neri si fece spazio tra i suoi pensieri.

3

Come se non si fidasse di lei, dopo la pausa natalizia George si fece vivo il venerdì pomeriggio e poi portò Madeline con sé al gruppo di ballo.

Guidava pianissimo per le strade gelate verso il circolo. «Ines mi ha raccontato che non sei in armonia con Robert. Ti azzuffi con lui per chi deve condurre?»

«È lui che si azzuffa con me!» Sperò capisse che lei non voleva parlare di Robert.

«È un tipo simpatico!»

«C'è qualcuno al circolo che non sia simpatico?»

Lui rise. «Qualche volta! Però non rimangono a lungo.»

Quando le aprì la porta per uscire, gli cadde l'occhio sugli stivali di lei. «Come cambio hai di nuovo portato con te solo i sandali?»

«Non ho altri *High Heels.*»

«Anche con le scarpe basse, non sei troppo piccola rispetto a Robert.»

«Ma forse per una volta ballerò con qualcun altro.» Arrancava dietro di lui nella neve, dondolando la sacca con dentro i sandali.

Alle sei in punto entrarono nei locali del circolo. Robert non c'era ancora. Anche altri mancavano: forse era colpa del tempo. Magari era l'occasione buona per pescarsi un altro ballerino.

«Qui quanto sono severe le regole, nonno? Se qualcuno arriva in ritardo...»

Lui rise. «Ci guarderemo bene dal punire la gente nel gruppo di ballo. È già abbastanza difficile mantenere costante il numero dei membri.»

Lei lo prese a braccetto. «Non sapevo che il circolo avesse un problema.»

«Ma neanche ce l'ha. Non più di tutti gli altri circoli di danza.»

«Capisco... Se tutti la pensano come me: il corso di ballo serve a non fare brutta figura. Ma poi...»

Il volto di George si rabbuiò. Continuava a nutrire la speranza che lei si impegnasse al circolo?

Ines uscì dall'ufficio e venne verso di loro. «Madeline? Oggi Robert non viene. Ti ho procurato un sostituto temporaneo.» Indicò nella sala da ballo. Un uomo allampanato con i capelli biondi stava in piedi accanto allo stereo, dandole le spalle.

«Lo vedi, nonno. Con lui ho bisogno dei tacchi alti.»

I tacchi! Quello non era il tizio a cui aveva di recente pestato i talloni? Chiunque fosse, a ogni modo non era Robert.

Seguì Ines e l'uomo si voltò. Era davvero quel tizio.

«Chi è?» sussurrò all'orecchio di Ines.

«Hinnerk Martens. Studia geologia o geografia. Qualcosa del genere.»

Il suo sorriso divertito mostrò che aveva riconosciuto Madeline. «Salve, Ines. È questa la poverina che stasera dovrà ballare con me?»

«Madeline ha iniziato a ballare all'ultimo corso introduttivo. Quindi, sii indulgente.»

«Come se io me la cavassi molto meglio.» I suoi occhi scintillarono di furbizia. «Ci arrangeremo.»

«So già che mi divertirò a ballare con te.» Lo guardò ridendo. «Non ti lamenti dei pestoni sui piedi.»

Lui la prese sottobraccio. «Magari sto meditando vendetta. Oggi Ines ha in programma il tango. Sarebbe l'ideale.»

«Per un pestone da dietro?»

«Per un pestone da dietro.»

«Allora devo deluderti: non abbiamo ancora imparato queste figure complicate.»

«Calpestare non è per niente complicato.»

Il primo, però, fu un valzer lento. Hinnerk aveva una presa morbida, in posizione corretta sulla scapola di lei. Dopo due minuti, lei comprese le sue indicazioni e si rilassò. «Sapevo che sarebbe stato divertente.»

Lui rise e la guidò in un movimento laterale. «Balli piuttosto bene, per essere una dilettante. Hai talento.»

«Perché Ines ha detto che sei un sostituto temporaneo?»

Hinnerk alzò le spalle. «Forse perché faccio il rimpiazzo quando ho tempo? Quando sono a Berlino.»

«Non vivi qui?»

«Anzi, qui ci studio. Però lavoro spesso all'estero.»

«E ce la fai?»

«Altroché, è un colpo di fortuna. Faccio esperienza nel mio ambito di studio e forse ho già un lavoro per dopo.» Sogghignò. Come aveva fatto ad accorgersi che lei non gli aveva creduto? «Sono stato davvero a Singapore, durante le vacanze di Natale. Delle analisi geologiche per la collocazione di un nuovo aeroporto.»

Al termine del valzer lento, Ines fece un cenno di approvazione col capo a Madeline. Sperò che non andasse di nuovo a raccontarlo immediatamente al nonno.

Per il resto del tempo al gruppo di ballo, Hinnerk la intratteneva con degli aneddoti sulle sue missioni all'estero. Diversamente da Robert, non gli interessava come appariva agli altri. Non aveva problemi ad ammettere gli errori. D'altro canto, era chiaramente uno studente, mentre Robert aveva già completato la sua formazione e aveva un posto fisso nell'amministrazione.

Hinnerk, comunque, le stava sempre più simpatico e alla fine cercò un espediente per continuare a ballare con lui.

«Non riesco davvero a capire perché balli solo come sostituto. Sei così bravo.» Magari adularlo sarebbe servito a qualcosa. «Ti manca una compagna fissa per colpa del lavoro all'estero?»

Lui sogghignò. «Ti stai offrendo tu?» Lei arrossì e lui fece di nuovo balenare la furbizia nei suoi occhi. «Non devi vergognarti di averlo chiesto.» Il suo sguardo brillò. «Forse tu saresti perfino un motivo sufficiente per fare qualcosa di regolare.»

«Ah sì?» Lei caricò lo sguardo di tutta l'aspettativa di cui era capace.

Lui le diede un buffetto sul naso. «Ci sono due elementi che giocano a sfavore: primo, il fatto che un compagno ce l'hai.»

Lei fece una smorfia.

«Aha!» Per un attimo restò a guardarla pensieroso. «Secondo, questo ballo liscio non mi entusiasma davvero. Per me è troppo... troppo...» Alzò le spalle.

«E allora perché lo fai?»

«Forse perché io sono una persona gentile?» Fece un sorrisetto impertinente.

«Mi prendi in giro!» Gli pestò un piede.

«L'hai fatto apposta, Madeline. Non è carino da parte tua.»

«Forse perché io non sono una persona gentile.» Sbuffò. «Sei al circolo; c'è un motivo per questo. Perché, se non ti piace?»

«Perché il circolo ha deciso, cosa alquanto insolita, di concedersi un gruppo di *square dance*. È divertente!»

Madeline lo guardò diffidente. «Come mai? Dov'è la differenza?»

«Non so. La gente, forse? La musica?» Alzò di nuovo le spalle. «Dacci un'occhiata.»

Perché voleva che lo facesse? «Non ho tempo di venire una volta in più.»

«Anche noi balliamo il venerdì.»

Lei si illuminò. «Quindi ultimamente eri qui per questo?»

Lui annuì. «Si alterna con il martedì. Segue i turni di Chris.» Chris – quell'uomo stupendo che lei aveva evocato per magia. Adesso sì che la cosa si faceva interessante.

«Tutta quella gente al bar?»

«Abbiamo bisogno di tutta quella gente; altrimenti non possiamo ballare.» Si interruppe e la guardò interrogativo. «A proposito, lo sai cos'è la *square dance*?»

«E chi non lo sa? Si vede in tutti i film western.»

Lui pareva un po' sospettoso, ma poi si accontentò della sua risposta. Lei doveva accettare? Alla fine lui fraintese. Quando gli *square dancer* avessero ballato ancora di venerdì, avrebbe dato un'occhiata.

4

Il venerdì successivo, telefonò a Ines per chiederle se Robert avesse disdetto di nuovo e lei avesse Hinnerk come ballerino. Probabilmente Ines trovò la cosa buffa; ma a lei non interessava.

«Mi spiace, viene.» le toccò sentire. Ines rise piano. «Lo dico del tutto seriamente, perché ho capito che con Robert non vai d'accordo. – Perché non gli dici che non vuoi ballare con lui?»

«Perché poi non avrebbe una compagna di ballo.»

«E andrebbe a cercarsi un altro circolo? Madeline, non farlo diventare un tuo problema.»

Lei sospirò. «Mi piacerebbe imparare di più io stessa. Per questo non voglio... ferirlo.»

«Non puoi proprio fare altrimenti. Prima o poi. Forse dovresti toglierti il pensiero?»

La questione diventò troppo personale; cambiò rapidamente argomento. «Allora, stasera Hinnerk non c'è.»

«Non da noi!» Ines suonò improvvisamente un pochino aspra; dunque non aveva nessuna stima di Hinnerk? Magari, però, apprezzava solo la sua disponibilità come sostituto. Gli adulti pensavano in modo davvero troppo contorto.

Madeline si mise davanti allo specchio con due gonne. «Non da noi» questo voleva dire che sarebbe stato là, una volta finito il gruppo di ballo. Scelse la gonna di seta a ruota, che le arrivava sopra il ginocchio.

Mentre in bagno si delineava il contorno delle labbra con una matita, Konstanze salì e rimase sulla soglia con uno sguardo stupito. «Mi pare che oggi tu abbia intenzione di scendere in battaglia.» Sogghignò. «Posso prestarti qualcosa del mio trucco da guerra? Ho un eyeliner che si abbina alla gonna.»

Andò all'armadietto a specchio e cercò l'eyeliner, senza badare alla risposta balbettante di Madeline. Poi si sedette sullo sgabello e la tirò più vicino, tra le sue gambe. «Chiudi gli occhi!» Il pennellino passò lungo le linee delle ciglia. «Apri gli occhi!» Konstanze profilò il bordo inferiore degli occhi. Poi annuì soddisfatta. «Così tutti si volteranno al tuo passaggio. Non potrai sfuggire ai compagni di ballo.»

«Ma *maman*! Non lo sai che là abbiamo il nostro compagno fisso?»

«Ma certo! Però so anche che vorresti un altro compagno.» Rimise a posto l'eyeliner. «Se non ti diverti, allora puoi veramente lasciar perdere. In discoteca fai altrettanta "ginnastica".»

«Se ti sentisse il nonno...»

«... gli verrebbe un attacco di cuore. Ma non sta sentendo. Il fatto che questo Robert non ti vada a genio è una buona ragione per smettere.»

Madeline la abbracciò. «Grazie per essere dalla mia parte.»

«A questo servono le mamme!» Un pensiero rassicurante. A Konstanze sarebbe venuto in mente qualcosa per tirarla fuori senza offendere troppo il nonno.

Il gruppo di ballo era riunito al completo; Robert era di nuovo al bancone con una birra in mano. A Madeline montò subito la rabbia. Era così stupido oppure ignorava di proposito il fatto che lei trovasse disgustoso ballare con la puzza di birra?

Allungò la mano libera verso di lei. «Stasera sei ancora più bella del solito. Da non credere.» La attirò più vicino a sé, nonostante lei si impuntasse vistosamente.

Ignorante! «Come mai?» Sfoderò un sorriso zuccheroso e si arrampicò su uno sgabello del bar. «Sono così diversa oggi? Eppure mi hai riconosciuto!»

«Ti riconoscerei ovunque e con qualsiasi travestimento.» Lui arricciò le labbra. Come poteva un uomo adulto comportarsi come un adolescente! Ma ovvio – chi aveva più o meno venticinque anni non era ancora adulto, se si trattava di un uomo.

Di Hinnerk nessuna traccia; ma era ancora troppo presto per gli *square dancer*. E se oggi non ballassero proprio?

«Marga, perché gli *square dancer* non hanno un appuntamento fisso? Questo rende davvero difficile la gestione delle sale.»

«Hanno due appuntamenti fissi; solo che non ci vanno ogni volta come gruppo. Spesso vengono soltanto le singole coppie per un allenamento libero.»

«E perché?»

«Per questo!» Marga indicò verso la porta e Madeline si voltò.

Un vigile del fuoco entrò nella stanza.

«Cosa...?» Chris – l'uomo che Marga aveva designato come *caller*. Da quello che aveva letto su Wikipedia, sapeva che era una sorta di istruttore per i gruppi di *square dance*. «Cosa fa nel corpo dei vigili del fuoco?» Aveva delle macchie di fuliggine sul viso e sembrava esausto.

«Assistenza sanitaria. Chris non sempre riesce a programmare i turni in modo da poter allenare il gruppo. E qualche volta disdice all'ultimo momento, perché non riesce a liberarsi.»

«Perché da qualche parte c'è un incendio.»

Chris notò lo sguardo di Madeline e lo ricambiò con un sorriso divertito. Cos'era che lo divertiva? Nei suoi occhi castani balenò una luce che diede loro riflessi dorati.

Si avvicinò al bancone con le braccia piegate ad angolo. «Per favore, Marga, mi apri la doccia? Non vorrei lasciare le mie impronte su tutto.»

Marga prese la chiave da sotto il bancone.

«Lo faccio io.» Madeline allungò la mano. «Tu hai abbastanza da fare qui.»

«Sei nuova! Conosci il posto?»

Madeline aprì la bocca per una risposta impertinente; in quel momento Robert grugnì arrabbiato. Lei annuì, lo sguardo su Chris. Di certo lui non aveva voluto essere scortese.

Saltò giù a fatica dallo sgabello del bar. Ovviamente lui non poteva aiutarla; ma a Robert sarebbe bastato solo allungare una mano. Eppure di solito la toccava goffamente di continuo.

Percorse il corridoio accanto a Chris. «Era grave?» Robert doveva arrabbiarsi perché lei parlava con lui.

«L'incendio?» La luce svanì dai suoi occhi. «Un bambino. Ma sopravviverà.»

«Di cosa ti occupi? Primo soccorso?»

«Anche.» Indicò una delle porte. «Prendo questa qui.»

Dopo che fu sparito nella doccia, lei rimase ancora lì indecisa per un attimo. Avrebbe continuato volentieri la conversazione. Infermiere nei vigili del fuoco per il pronto intervento antincendio; doveva essere emozionante.

Fino a quel momento aveva pensato solo alle ambulanze e ai medici di pronto intervento. Sicuramente lui faceva anche servizio sulle ambulanze.

Robert aveva davanti a sé un'altra birra.

«Vuoi bere ancora quella, adesso?» Guardò l'orologio. «Stiamo per cominciare.»

«Ma tu non c'eri!» sibilò lui con rabbia.

«Quanto pensavi che ci volesse ad aprire una doccia?»

Lo lasciò lì ed entrò nella sala da ballo. Werner Heinemann, il tesoriere, quella sera era solo e ben disposto a ballare con lei. Quando risuonarono le prime note, però, Robert arrivò sparato. Senza fare domande, la trascinò via. Dalla sorpresa, Werner si dimenticò perfino di protestare.

«Robert!» La voce stridula di Ines sovrastò la musica.

«Ho la situazione in pugno» le gridò altrettanto forte di rimando. Verissimo.

Ma questa sarebbe stata l'ultima sera in cui avrebbe ballato con lui.

Quando lei gli pestò il piede per la seconda volta, lui si fermò. «Se continui a fare così, non diventerai mai una brava ballerina!»

Lei lo lasciò andare. «Non riesco a concentrarmi, se mi soffi continuamente in faccia l'alito che sa di birra.»

«In ogni caso, io voglio imparare.» La vena sulla fronte di Robert cominciò a pulsare; la abbrancò. «Vieni qua!»

«Allora cercati una compagna che sia all'altezza delle tue pretese.» Tuttavia non doveva pestargli intenzionalmente il piede; non voleva passare per un'incapace.

Subito dopo, la distrasse la risata di Hinnerk, che giunse fino a loro nella sala, e quindi gli diede ancora una volta un pestone. Il brusio di voci al bar aumentò di volume; allora Ines chiuse la porta. Madeline si ricompose e sopportò il resto del gruppo di ballo senza ulteriori incidenti.

Aspettò che tutti avessero abbandonato la sala. «Robert, forse dovresti cercarti una nuova compagna.»

«Ma Madeline! Tuo nonno...»

«... non deve ballare con te. Sono stufa che tu mi stia sempre addosso. Io. Non. Voglio.»

Robert la fissò. Sul suo viso si susseguirono l'incredulità e la delusione, la delusione e la rabbia. «Avresti anche potuto dirmelo prima.»

Cosa ci avrebbe guadagnato? Preferì non chiederglielo; non aveva bisogno di quella discussione.

La risata di Hinnerk risuonò di nuovo, la attirò. Allungò il collo. Tanja Walters era in piedi accanto a lui. Da dove era saltata fuori all'improvviso; adesso, che il gruppo di ballo era terminato?

Robert seguì il suo sguardo. Squadrò a lungo la ragazza. «Beh, allora... Allora venerdì prossimo non ci vediamo proprio.»

«Mi dispiace.» Ma non era vero; lo aveva detto senza riflettere.

A Hinnerk e Tanja ora si era aggiunta una seconda donna; palesemente più anziana, forse poco meno di quarant'anni. Discutevano; di passi di danza, stando ai gesti.

Tanja stava scuotendo il capo con decisione, quando qualcuno le arrivò da dietro e le pose le mani sulle spalle. Lei si voltò ridendo e lo salutò con un bacino. Poi venne verso Madeline.

«Dove hai lasciato tuo fratello oggi?» chiese Madeline.

Tanja alzò le spalle. «Si è beccato una brutta influenza. Per questo ho potuto saltare il gruppo di ballo oggi. Tanto, quello lo faccio solo per far piacere ad Axel.»

«E perché ora sei qui lo stesso?»

«Per questo.» Tanja indicò la grande sala dalla parte opposta.

Madeline la guardò perplessa. «Non dirmelo, fai anche *square dance*!»

«Certo. È molto più divertente!»

«Lo ha già detto anche Hinnerk.»

«Cosa c'entro io? Avete qualcosa da ridire su di me?» All'improvviso si trovava dietro di loro.

Tanja rise e si appoggiò alla sua spalla. Un lampo come di invidia attraversò Madeline.

«Tanja è la tua compagna?»

«No.» Lui sogghignò. «Ha trovato qualcuno di meglio.» Indicò un uomo di bell'aspetto, i cui capelli erano ancora più biondi dei suoi.

«Saresti bravo tanto quanto Micky, se tu ballassi regolarmente.» Tanja abbassò la voce. «E se avessi una compagna più in gamba.»

Hinnerk alzò le spalle. «Non si può fare altrimenti. E finché Bettina resiste con me...»

Chris percorse il corridoio a grandi passi. Si era cambiato l'uniforme con stivali in stile western, un paio di jeans neri molto aderenti e una camicia rossa. I suoi capelli rilucevano umidi per la doccia e sfoggiava sul viso un sorriso allegro. Che uomo!

Il suo sguardo incrociò quello di Madeline e il sorriso gli si allargò.

Si avvicinò lentamente al bar, lo sguardo fisso sul viso di lei. «Sei rimasta per noi?»

Come gli veniva in mente?

Prima che potesse negarlo, Hinnerk rispose. «Ho suggerito a Madeline di rimanere a guardare» disse. «Perché in realtà il liscio non le piace per niente.»

«Rimanere a guardare?» Chris sorrise compiaciuto. «Meglio, ci proverai subito.»

Tanja aggrottò la fronte. «Tuttavia...» Si voltò e fece un cenno al suo compagno. «Micky, posso darti in prestito?»

«Neanche per sogno!» Si guardò attorno come alla ricerca di qualcosa. «Con chi dovrei tradirti?»

Lei prese Madeline sottobraccio. «Madeline è nuova del circolo e non ancora sistemata. Potremmo attirarla nel nostro gruppo, se tu facessi bella figura.»

«Oddio.» Micky assunse un'espressione imbarazzata. «Proprio a me affidate un compito di tale responsabilità?»

Madeline ascoltava il diverbio con crescente divertimento. Poi, tuttavia, scosse il capo. «La prima volta, guardo. È vero che ho letto qualcosina, ma non una vera presentazione.» Spostò lo sguardo su Chris. «Con il gruppo lavori in modo diverso dagli altri istruttori di danza?»

«Chris non è un istruttore; è il nostro *caller*.» Micky gli diede dei pugni nelle costole. «Insostituibile. Astuto.»

«Astuto?» Madeline rimase a bocca aperta.

«Quello che si inventa lui a volte, è veramente il massimo. Neanche i veri americani ci riescono.»

Chris rise. «Non sono un vero americano?»

«Non devi eseguirlo tu, quello che pretendi da noi.»

«Cominciamo, prima che bruci ancora qualcosa.» Chris li sospinse verso la sala. «Ho la reperibilità.»

Madeline si sedette su uno sgabello del bar per osservarli.

I ballerini si disposero in due quadrati. Chris la guardò; il suo ghigno era di sfida, mentre le faceva un cenno. Lei arrossì e si voltò rapidamente verso Marga.

«Domani non devo studiare. Dammi un Prosecco, per favore.»

«Che ti succede?»

Lei sogghignò. «Sto festeggiando la mia liberazione da Robert. Spero che trovi la prossima compagna in un altro circolo.»

«Non è un tipo cattivo, Madeline. Più che altro, un po' solo.»

«Non mi sorprende.» Quando sentì la voce di Chris, lanciò di nuovo un'occhiata nella sala da ballo. Adesso stava parlando inglese e aveva un accento che suonava brusco e deciso.

«Sembra Ines al quadrato. Deve suggerire loro ogni passo?»

Marga rise. «Cosa credi, altrimenti chissà che caos sarebbe.» Ridacchiò. «Un caos lo è comunque.»

Chris dava dei comandi. I ballerini si muovevano in cerchio, le donne in senso orario e gli uomini in senso antiorario; passandosi accanto, si davano la mano. Poi divenne tutto confuso; in qualche modo si incontrarono al centro degli *squares* e d'un tratto ognuno aveva un altro posto.

«Girotondi per adulti. Ma esistono delle gare per gli *square dancer*?»

«Non puoi fare paragoni. Sono più che altro delle... riunioni di famiglia. O giù di lì.»

Madeline ridacchiò. «Tipico americano, insomma.» Si voltò completamente verso la sala.

Il suo sguardo incrociò di nuovo quello di Chris e allora lei semplicemente brindò a lui. Invece di aiutarla a superare l'imbarazzo, però, si sentì ancora più intimorita dal suo sguardo intenso. In qualche modo, assomigliava poco agli americani che aveva visto da bambina a Zehlendorf. Niente capelli a spazzola, niente gomma da masticare in bocca. Ma forse gli americani erano cambiati, da quando non erano più degli occupanti, come li aveva sempre chiamati la nonna.

Lui andò verso una delle coppie e prese il posto dell'uomo. La ballerina rise, quando fece una giravolta tra le sue braccia. Persino da quella distanza era ben visibile che Chris si impuntava, come se lei, muovendosi, gli fosse andata troppo vicino. E se le donne del gruppo gli corressero tutte dietro? Un uomo di quell'aspetto sicuramente non se ne faceva scappare una.

Poi Chris accese la musica: suonava sorprendentemente moderna. I ballerini si muovevano sul posto al ritmo della musica; lui prese in mano un microfono. «*And bow to the partner... join and circle to the left, circle to the right and promenade...*» Le *calls* si adattarono sempre di più alla melodia – e poi lui le cantò.

Madeline lo fissava a bocca aperta. La sua voce era piena e profonda e così sexy da toglierle il fiato.

Quando lo sguardo di lei incontrò un'altra volta il suo, lui rise. La guardò ridendo e con un gesto della mano la invogliò ad avvicinarsi. La sua risata si allargò agli occhi e si passò la lingua sul labbro superiore; un gesto lento, sensuale. Ma che pensieri le frullavano per la testa? Nessuno l'aveva mai guardata così.

Lui la attirava; scivolò dallo sgabello e andò verso la porta della sala.

Chris continuò a cantare; i ballerini ritornarono con le loro compagne iniziali e girarono in tondo. Lui osservò l'insieme finché il movimento finì e tutti si trovarono di nuovo al proprio posto.

Allora abbassò la musica. «Ho una nuova sequenza... Una compagna per la dimostrazione...» Il suo sguardo andò da una all'altra, poi si voltò di lato. I suoi occhi scintillarono birichini, quando si avvicinò a Madeline. «Siccome nessuno ancora la conosce, non hai nulla da temere.»

Automaticamente si raddrizzò. «Perché dovrei aver paura?» Però indietreggiò di mezzo passo, quando lui allungò la mano verso di lei. Se non voleva rendersi ridicola, doveva andare con lui.

«Ma io volevo soltanto stare a guardare» gli sussurrò all'orecchio. Il profumo del suo shampoo le pervase le narici.

Chris le accarezzò il dorso della mano con il pollice e la bocca le si seccò. «Non è difficile» le sussurrò di rimando.

Madeline si concentrò sui propri piedi, mentre lui annunciava la sequenza dei passi e intanto la guidava nel movimento. Lui le teneva la mano sinistra sul fianco e la dirigeva con una delicata pressione. Lei guardava fisso in basso.

Dopo aver mostrato lentamente per due volte la breve sequenza insieme a lei, alzò di nuovo il volume della musica e ballò il movimento con lei. Non ci mise solamente più slancio: nella giravolta, la attirò anche molto più vicino a sé. Quando la ebbe tra le braccia, la trattenne per un attimo. Il suo respiro le carezzava il viso e lei percepiva ogni muscolo delle sue cosce.

Con Robert avrebbe cominciato già da un pezzo ad azzuffarsi. Ancora prima che lui le si avvicinasse così tanto. Però questo non le dava l'impressione che lui fosse invadente con lei.

Guardò Chris dritto negli occhi. Quando lui se ne accorse, le sue rughe di espressione divennero più profonde. Quanti anni poteva avere?

Lui si chinò verso il suo orecchio. «Te la cavi bene!»

Madeline rise nervosamente. «Sarebbe stato il colmo, se ora mi avessi messo in ridicolo.»

Lui annuì. «Allora sarei un pessimo insegnante.» Si fermò e la lasciò andare, per rivolgersi agli *squares*. «Okay?» Afferrò il microfono; poi guardò Madeline con la fronte aggrottata. «Tanja, cederesti il tuo compagno a Madeline per dieci minuti?»

Tanja rise. «Lo avevo già previsto.» Uscì dal suo *square* e andò verso Madeline. «Non essere vigliacca.»

Madeline drizzò la testa. «Ho appena detto...»

Tanja la interruppe con una risata. «Ormai sei in ballo e devi ballare.»

Chris aggrottò la fronte diffidente. «Cosa significa?»

«Un vecchio detto. Dell'età della pietra o giù di lì.» Madeline alzò ancora di più il mento e si mise accanto a Micky. «Perlomeno non rischi nessun pestone, se ti presti a questo scambio.»

«Questo gioca chiaramente a favore della *square dance*, non trovi?» Micky la prese a braccetto e Chris cominciò con le *calls*. Con orrore di Madeline, però, non iniziò da quello che aveva appena provato con lui. Lei indugiò, ma Micky la spinse nella direzione che avrebbe dovuto prendere.

Il suo sguardo si imbatté di nuovo in Chris. La guardava in modo provocante. Allora di sicuro lei non se la sarebbe svignata; cosa gli passava per la testa?

Subito dopo lui parlottò con Tanja, lo sguardo sempre fisso su Madeline. Lo sguardo di Tanja divenne sempre più malignamente soddisfatto.

«Non andrai più via da qui, Madeline.» Ora anche Micky sogghignava. «Tanja sta escogitando qualcosa.» Scambiò un'occhiata cospiratoria con Hinnerk, quando poco dopo i due uomini si diedero la mano. Quando Madeline sbirciò l'orologio sopra al bar, erano ben più di dieci minuti che seguiva Micky. Non sembrava affatto così. Il tempo era volato in un attimo.

Chris passò a un pezzo più veloce. Poi fermò il CD e venne verso di lei. «Vuoi continuare fino alla fine dell'ora?»

Il fatto che lui glielo chiedesse la stupì davvero. Cercò un segno da parte di Tanja e, poiché la ragazza le fece un cenno col capo, era d'accordo. Hinnerk fece una pantomima di approvazione; ovviamente. Lei rise spavalda, prima di farsi spiegare da Micky cosa si aspettasse da lei adesso.

Questo ballo aveva molte giravolte veloci e il suo *square* raggiunse un nuovo culmine di scempiaggini e risate. Chris stava davanti allo stereo sogghignando e cantando le *calls*.

Madeline guardò con occhi raggianti il suo compagno di ballo; poi guardò con occhi raggianti Hinnerk e infine anche Chris. Inconcepibile che il nonno avesse un simile gruppo nel suo circolo. Non era assolutamente da lui.

Dopo la lezione erano tutti al bar e Marga posò sul bancone due bottiglie di Prosecco, una di Beaujolais Primeur e una di Edelzwicker.

«Tocca a me offrire» disse un uomo che doveva avere all'incirca l'età di Chris. Tese la mano a Madeline. «Sono Norbert Kaminski. Balli con noi allora?»

«Mah.» A Madeline salì un gran calore al viso. «Sono nel gruppo di ballo ed ero semplicemente curiosa. È più probabile che io smetta del tutto con la danza.»

Chris guardò dalla sua parte. «E perché mai?»

«Non ho tempo.» Madeline alzò le spalle. «Ho bisogno di un diploma col massimo dei voti.»

Norbert sorrise. «Non è salutare stare tutto il giorno curvi sul banco o alla scrivania. Sai com'è: "Mens sana..."»

Madeline ridacchiò. «Ora ti sei smascherato. Sei un insegnante!»

La risata fragorosa delle persone circostanti e il rossore fiammante sul viso di Norbert confermarono che aveva fatto centro.

Hinnerk arrivò da dietro a Madeline e le porse un Prosecco. «Ho visto che bevi sempre quest'acqua frizzante.» Un secondo bicchiere, del vino rosso, lo diede a Norbert, che quindi aggrottò la fronte.

«Sono stato più veloce.» Hinnerk lo guardò ghignando.

«Oggi toccava a me.» Norbert lo guardò ancora più torvo.

Hinnerk gli diede una pacca sulla spalla. «Ma va'! Meglio se risparmi i tuoi soldi; altrimenti ti ficchi di nuovo nei guai con la tua ex.»

«Volete stare a discutere su chi di voi è più squattrinato?» Tanja bevve un sorso abbondante del suo Edelzwicker. «Comunque, non mi tenete testa.»

«Allora dovremmo offrirti un bicchiere in più.» La ragazza dall'acconciatura elaborata che aveva ballato con Norbert diede un colpetto nel fianco a Tanja. «Oppure ti do qualcosa delle mie mance.»

Malgrado la pettinatura esuberante, a Madeline la ragazza piacque subito. Improvvisamente, si rese conto che molti del gruppo le erano simpatici fin dal primo momento. «Lavori in un ristorante?»

La ragazza strinse le labbra e per un attimo sembrò parecchio irritata. «No!» Di nuovo l'espressione irritata. «Studio da parrucchiera.»

«Oh, per questo hai un'acconciatura così stupenda!»

«Però è anche l'unica cosa buona che Carola ha ottenuto da questo apprendistato!» L'espressione di Norbert rispecchiava i pensieri di Carola.

«Perché studi questo, allora?» Madeline arrossì per la propria domanda; forse era troppo invadente. Carola, però, alzò semplicemente le spalle. Okay, a questo punto la conversazione era finita.

Carola si voltò verso Chris e di colpo il cattivo umore scomparve dal suo atteggiamento e dal suo viso. I suoi occhi brillavano di contentezza, mentre parlava con lui. Di certo si era presa una cotta per lui.

Madeline cominciò a mordersi nervosamente il labbro inferiore. Ma perché la cosa le dava fastidio? Incontrò lo sguardo vigile di Marga e arrossì di nuovo. Posò in fretta il suo bicchiere mezzo pieno sul bancone. «Purtroppo devo andare a casa. Studiare!» Sventolò entrambe le mani per congedarsi contemporaneamente da tutti.

Quando ebbe indossato il cappotto e si diresse verso la porta, Hinnerk arrivò dietro di lei. «Verrai di nuovo la prossima volta?»

Lei guardò indietro. «Non lo so!» Chris teneva una mano posata sul braccio di Carola. «No, suppongo di no; devo studiare per gli esami.»

Hinnerk annuì. «È più importante che ballare, ovviamente.»

«Però?» Senza volerlo, Madeline sorrise compiaciuta. «Una frase simile è sempre seguita da un "però".»

«Non ho nessuna argomentazione che tu non abbia già sentito.»

Chris aveva tirato fuori il cellulare e leggeva un SMS con le sopracciglia alzate. Lei aprì la porta e si trascinò lentamente giù per le scale.

Quando mise piede nel cortile, Chris le sfrecciò accanto. Era già scoppiato di nuovo un incendio da qualche parte? C'erano ancora dei riscaldamenti a stufa, nei quartieri vecchi...

5

A mezzogiorno di martedì, a Madeline lampeggiò nella casella di posta un messaggio di Hinnerk. Dove aveva preso il suo indirizzo mail? Bettina si era buscata un'influenza e ora lui la voleva come sostituta. «Se mai io avessi tempo di ballare» concludeva la sua mail, «allora non vorrai certo che debba restare a guardare.» Di sicuro Marga ci aveva messo lo zampino.

Madeline chiuse le mail, scartò della cioccolata e si dedicò ai suoi compiti: un saggio sulla serietà di Hollande nel realizzare le sue promesse elettorali. «Il n'a pas les moyens» cominciò con slancio. Poi scostò la tastiera. E adesso come poteva giustificare il fatto che lui non ne avesse colpa, sebbene in effetti detenesse tutto il potere?

Mangiucchiò pensierosa la cioccolata. Poi riaprì il programma di mail. Finché non le veniva in mente qualcosa, poteva rispondere a Hinnerk. Lui era troppo gentile perché lei fingesse di non aver visto la sua mail in tempo. Per dirla tutta, era troppo gentile anche per condannarlo a rimanere a guardare.

Guardò l'ora e fece due calcoli. Se avesse prodotto metà del testo per le cinque, avrebbe potuto scrivere il resto dopo la *square dance.*

«Ciao Hinnerk, sto facendo i compiti. Se mi fornisci alla svelta tre motivi per cui Hollande involontariamente non manterrà le sue promesse elettorali, stasera vengo a *square dance.*» Inviò la mail e scese da basso per prendere una bottiglia di succo d'uva.

Quando ritornò nella sua camera, sullo schermo c'era il MailButler. Hinnerk le aveva fornito ciò di cui aveva bisogno. Impressionante. Forse i geologi dovevano intendersi anche della politica dei Paesi in cui lavoravano.

Ora non le restava altro da fare che mantenere la sua parte dell'accordo. A dire il vero, ne era addirittura felice. «Sei un tesoro» gli inviò di risposta. «A dopo.»

Poco prima delle cinque aveva finito l'intero saggio; in ogni caso doveva solo rifinirlo ancora un po'. Non era mai stata così veloce. Come se il ritmo del ballo fosse arrivato fino alla sua scrivania.

Un minuto prima dell'inizio dell'allenamento, saliva di corsa la scala verso le stanze del circolo. Gli *square dancer* erano già nella sala, anche Hinnerk. Aveva contato sul fatto che lei avrebbe mantenuto la parola. Si fidava di lei; era una bella sensazione.

«Ho finito di scrivere il pezzo» gridò lei, mentre si spogliava del cappotto.

Lui le venne incontro ridendo. «E sei pure in orario!»

Lasciò che lui la prendesse per mano e la conducesse al suo posto. «Grazie del tuo aiuto. I tuoi spunti erano geniali.»

«Sono contento che tu sia venuta, Madeline.» Il timbro caldo di Chris le fece correre un fremito giù per la schiena.

Il suo sguardo le provocò il successivo fremito alla schiena. Lei distolse rapidamente lo sguardo, ma sapeva che lui non le levava gli occhi di dosso. Qui era la principiante totale; per questo aveva delle attenzioni per lei. Eppure una voce nella testa le diceva che non era questo il motivo.

Dopo l'anticipazione delle *calls* con cui avrebbe iniziato, andò verso Madeline. «Hai capito?»

«Lo spero.»

Con un gesto della mano lui ingaggiò Hinnerk, che guidò Madeline nelle figure, mentre Chris ripeteva le *calls*. Alla fine lui annuì. «Ben fatto, Madeline.» Indietreggiò. «E ora, tutti insieme.» Accese la musica.

Spesso Madeline seguiva a fatica un passo, perché non capiva abbastanza in fretta cosa doveva fare. Ma nessuno sembrava farsi guastare l'umore per questo; Hinnerk meno di tutti. Ogni volta che si separavano, lui le suggeriva istruzioni esageratamente dettagliate. Presto gli altri fecero come lui e nel giro di dieci minuti il suo *square* divenne un ammasso ridicolo.

Nel bel mezzo del pezzo, Chris spense la musica. Scioccata, Madeline si voltò verso di lui. Oddio, la cosa poteva non finire bene.

La guardava ridendo. Lei boccheggiò stupita. In ogni altro gruppo del circolo, a questo punto ci sarebbe stata una ramanzina dell'istruttore; di questo ne era certa.

«Difficile, Madeline?» Come mai la chiamava per nome in ogni frase?

Spostò il peso da un piede all'altro, a disagio. «È tutto così diverso.»

«Certo. Ma eri brava. Però rifacciamo tutto ancora una volta.»

Madeline si sentì come avesse le ali, quando riprese a ballare. E sbagliò solo di rado. Nel frattempo si abituò anche all'inglese americano di Chris; in fondo, era persino più facile da capire di quello britannico che studiava a scuola.

«Una volta lentamente e senza musica.» Non era una ripetizione, ma un'altra sequenza di *calls*, alcune evidentemente inconsuete anche per gli altri. Chris fece più volte fermare e ripetere.

«Pensavo che voi le sapeste tutte» sussurrò Madeline all'orecchio di Tanja, quando una volta si incrociarono.

«Quello che ti frega è l'ordine delle *calls*. Chris si inventa di continuo qualcosa di diverso.»

Al successivo incontro con Tanja, Madeline chiese: «E ci si riesce? Ogni volta diverso? È tutt'altra cosa rispetto alla formazione latina.»

«Per questo è molto più divertente qui.» Tanja, spavalda, fece vorticare Madeline fin nelle braccia di Hinnerk.

«Errore, Tanja» gridò Chris.

Tanja si fermò. «Era intenzionale.»

Chris alzò l'indice sogghignando. «Devi uscirtene con uno show simile ogni volta che abbiamo un novellino nel gruppo?»

«Come se accadesse così spesso.»

«Sicuro.» Fissò di nuovo lo sguardo su Madeline. «Cinque minuti di pausa e poi da capo con la musica.» Ripeté l'ordine delle *calls*. «Tenetelo a mente.»

Tanja mise il broncio. «Sei uno schiavista, Chris.»

Lui alzò le spalle divertito e cercò un'altra musica. Madeline si meravigliò ancora una volta dell'umore nel gruppo. Nessuno sembrava prendere il tutto seriamente, eppure erano bravi. Il secondo *square* era addirittura molto bravo. Ed era sicura che anche il suo lo sarebbe stato, se non avessero dovuto faticare con lei.

Giurò a se stessa che alla ripetizione successiva avrebbe fatto tutto giusto. Cercò di ripetere piano la sequenza delle *calls*. Hinnerk stava in ascolto e la aiutò quando si bloccò. Chris li osservava, ma non si intromise.

«Hai l'ordine in testa?» chiese Chris a Hinnerk dopo la pausa. Siccome lui annuì, lo mandò al microfono e prese per mano Madeline.

Si scambiavano i posti? A Madeline venne il panico. Quando Chris le mise il braccio attorno alla vita, le si inumidirono le mani per l'agitazione.

La bocca di Chris era vicinissima al suo orecchio. «Niente paura; non mordo mica.» Emise un suono gutturale. «Non ora.»

«Quindi a volte lo fai» si azzardò a ribattere.

«In circostanze particolari.» E quello che lei lesse nei suoi occhi parlava senza dubbio di una circostanza particolare. Che pensieri le faceva venire quell'uomo? Era davvero troppo vecchio per lei. E lei senz'altro non aveva nessun complesso paterno: nessuna ragazza poteva desiderare un padre migliore di Bruno.

«Madeline?» La sua voce la accarezzò. «Non hai prestato attenzione.» Nessun biasimo, solo una constatazione.

Tuttavia lei tirò fuori una scusa balbettando. «Sono un po' nervosa oggi.» "Tu mi rendi nervosa", avrebbe dovuto dire onestamente.

Chris aumentò la pressione della mano sul suo fianco; ma si sentiva a suo agio. «Ho già detto che non mordo? Puoi fidarti di me.»

A Madeline mancò di nuovo il fiato. Sapeva esattamente come lo intendeva lui. E gli credette.

Per il resto della serata, cercò di concentrarsi sul ballo. Dopo che Hinnerk tornò a essere il suo compagno, lei evitò di guardare in direzione di Chris. Però percepiva ogni volta che il suo sguardo si posava su di lei. È troppo vecchio per te, si diceva incessantemente, e si sforzava di rendere più stretto il contatto con Hinnerk. Ma quando lui reagì, lei ne fu mortificata. Non era giusto da parte sua flirtare con lui, se non lo considerava anche lui un gioco. E di questo non era per niente sicura.

Poi l'allenamento finì e Tanja posò il braccio attorno alla spalla di Madeline. «Qui è molto più carino che al gruppo di ballo; non trovi anche tu?»

Effettivamente non poteva negarlo.

Hinnerk, pieno di aspettative, era raggiante. «Allora sei dei nostri?»

No, non poteva assolutamente farlo. Doveva stare alla larga da Chris e non poteva suscitare false speranze in Hinnerk.

«Non è possibile; non ho un compagno. Comunque, a causa dei viaggi di Hinnerk, vi manca piuttosto un uomo. »

«Questo non deve ostacolarti, Madeline.» L'abitudine di Chris di dire continuamente il suo nome la rendeva sempre più nervosa. Lui si avvicinò e lei avrebbe preferito darsela a gambe, quando lui la guardò dritta negli occhi. «Più di una ballerina sarebbe contenta di poter saltare un'esibizione ogni tanto senza sconvolgere tutto.»

«Al momento ognuna si sente obbligata a venire a ogni allenamento, se non è ridotta a strisciare per terra.» Carola le porse un bicchiere di Prosecco.

«E io non rendo facile ai ballerini organizzarsi, con gli appuntamenti di allenamento che cambiano di continuo.» Chris la guardava implorante. Ebbe il sospetto che volesse che lei ritornasse non per amore del gruppo.

La risposta le venne automatica. «Devo sgobbare sui libri. In effetti non ho proprio tempo per ballare.»

Tanja brontolò. «A me non la dai a bere. Ho frequentato anch'io il Collège Français.» Rise dello sguardo infastidito di Madeline. «E poi per il gruppo di ballo avevi tempo.»

A Madeline veniva sempre più caldo, mentre cercava un altro pretesto. Ma lo sguardo colmo di attesa di Chris le rendeva impossibile riflettere. «Dovrei prima imparare tutte le vostre figure. È tutto così diverso dal ballo liscio.» Lo sguardo di Chris divenne ancora più intenso; lei sapeva esattamente che cosa stava pensando. «Io... io ne parlo con i miei genitori.» Di sicuro adesso la considerava una vigliacca.

Lo sguardo di Chris mostrava apertamente la sua incredulità. «Chi meglio di te può sapere di quanto tempo hai bisogno per lo studio?» D'improvviso un caldo sorriso gli si allargò sul volto; sapeva di nuovo cosa le frullava per la testa? «Non vogliamo convincerti. Non gioverebbe a nessuno.»

«Telefonerò.»

Chris pescò nella tasca dei pantaloni e le diede un cartoncino. Possedeva addirittura dei biglietti da visita. Boccheggiò frastornata e infilò velocemente il biglietto nella borsa. Meglio che ora andasse a casa.

Nella fretta, non salutò nemmeno Marga. Lo sguardo di Chris le bruciava nella schiena.

Sul biglietto di Chris c'erano un indirizzo email e tre numeri di telefono: cellulare, casa e lavoro. Il numero privato era di Schmargendorf – fosse stato tempo prima, ma adesso con il cambio di casa ci si poteva portare dietro il proprio numero di telefono per tutta Berlino. Madeline cedette alla tentazione e lo cercò nell'elenco del telefono. Viveva davvero quasi dietro l'angolo. Se nel tragitto verso la scuola non salisse alla fermata del bus più vicina e proseguisse per un tratto... Il suo sguardo scintillante la seguì finché lei si addormentò.

Il mattino successivo, prima di andare a scuola, avviò il computer e gli mandò una mail: «Sono dei vostri. M.»

Quando tornò a casa nel tardo pomeriggio, come risposta le lampeggiò un intero esercito di smile. *«Awesome!»*

Che delusione; si era aspettata un paio di parole in più. In fin dei conti, doveva ringraziarla. Poi le saltò agli occhi che lui aveva inviato la risposta pochi minuti dopo il suo messaggio – forse era dovuto andare a lavoro?

Adesso non doveva telefonare per chiedere se il prossimo allenamento sarebbe stato venerdì o solamente martedì?

Mentre indugiava attorno al telefono, Konstanze la chiamò in cucina. Madeline prese il tagliere già predisposto e il porro. Konstanze ficcava le patate nel robot da cucina per tagliarle a fette per un *gratin dauphinois*.

«Abbiamo visite? Il nonno e la nonna vengono a cena?»

Il viso di Konstanze assunse un'espressione quasi perfida. «Da quando questa è l'unica visita che riceviamo?»

«Allora chi viene?» Di sicuro Konstanze le lesse in faccia il sollievo.

Lei si sedette di fronte a Madeline. «Cosa succede tra te e il nonno? È per quella faccenda del ballo?» A volte Madeline aveva il sospetto che a lei non sarebbe dispiaciuto, se avesse attaccato briga con il nonno – come se non osasse farlo lei stessa.

«Se desideri raccontarmi qualcosa, bambina mia, io ti ascolto.»

«Non c'è niente di speciale.» Madeline tagliò via le radici dai porri. «Il nonno sa già che non ho voglia di studiare danza così come lo immagina lui. Non che adesso io ne abbia il tempo.» Cominciò a togliere le punte secche e gli strati più esterni.

«Eppure ieri eri a ballare.»

Maman sapeva essere davvero tenace; e fingeva così candidamente. «Non proprio. Ero solo...» Alzò le spalle. «Ho solo fatto un favore a qualcuno che mi ha aiutato con i compiti.» Konstanze, impassibile, dava a vedere di non credere a una parola. «È per questo che ho finito presto.» Alzò di nuovo le spalle. «Solo per svago.»

Lo sguardo di Konstanze divenne sempre più pensieroso. Tuttavia Madeline continuò la sua tattica di dissimulazione. «È importante liberare la testa ogni tanto.»

Konstanze rise a crepapelle. «Allora c'è qualcos'altro dietro, ho ragione?» Le accarezzò il braccio. «Stai attenta, Madeline. Sei ancora così giovane.»

A questo punto preferì non protestare; quella era chiaramente un'offerta di alleanza. «Se avessi un problema, te lo direi.»

Konstanze sembrava sul punto di voler chiedere ancora qualcosa, ma poi si voltò e si dedicò nuovamente al *gratin*. Il nonno doveva solo azzardarsi a mettere in discussione la sua decisione – con Konstanze dalla sua parte, lui non avrebbe ottenuto nulla.

6

Chris aveva scritto una mail a Madeline per invitarla ad andare mezz'ora prima per esercitarsi. Con dita tremanti, lei digitò la sua conferma.

Quando lei arrivò, lui sedeva al bar con un bicchiere di acqua minerale. Acqua minerale! Era impressionata.

«Possiamo cominciare subito.» In silenzio, la precedette dentro la sala e accese la musica. «Per l'atmosfera.» Per la prima volta sorrise. «Ti accompagna più facilmente nel ritmo.»

Quando la prese per il braccio, lei trasalì. Gli occhi di lui si spalancarono per la sorpresa e la lasciò. Lei gli prese la mano; non doveva pensare che fosse intimorita da lui.

Lui la fissò, come se volesse leggere i suoi pensieri. Poi si schiarì la voce e borbottò qualcosa in inglese, prima di spiegarle la prima *call*.

Ma invece delle sue mosse, lei guardò per tutto il tempo il suo viso.

«Proviamolo; vuoi?» La attirò più vicino a sé e Madeline fu sopraffatta dallo stesso sentimento che già la settimana precedente le aveva paralizzato il cervello.

Istintivamente si strinse di più a lui e socchiuse gli occhi, mentre si lasciava guidare da lui. Poi ci fu un attimo in cui il suo respiro le carezzò la guancia. Se ora lei avesse voltato la testa, si sarebbero sfiorati. Doveva farlo? Deglutì nervosamente; cosa avrebbe pensato di lei?

«Madeline?» Anche la sua voce la accarezzò. «Mi stavi ascoltando?»

Aprì completamente gli occhi. «Scusami. Mi concentro.»

Il suo sguardo era attento, un po' diffidente. «Tutto a posto?»

Niente era a posto. «Sì, certo. Ho passato troppo tempo a preparare gli esami. Dovrei farmi una bella dormita.»

La diffidenza non sparì dal suo volto, ma sorrise. «Quando posso, teniamoci il martedì per l'allenamento, così vai a letto prima. La tua maturità non deve andare a monte per colpa nostra.»

«Non succederà.» Fece un respiro profondo; questo era un terreno familiare. «Però ho bisogno di un diploma con un bel voto massimo, per ottenere il mio posto di studio.»

«Cosa vuoi fare?»

«Medicina.»

«Oh!» La guardò sorpreso. «Allora abbiamo un interesse comune. Tuttavia io non ce l'ho fatta per mancanza di una borsa di studio. Il fatto che *dad* sia nell'*Air Force* non mi ha aiutato abbastanza, purtroppo.»

«Ed è per questo che adesso sei nei vigili del fuoco?»

Annuì. E si schiarì di nuovo la voce. «Adesso non ci siamo concentrati tutti e due. Non abbiamo ancora finito.»

E non finirono più, perché subito dopo arrivò Hinnerk. Non poterono rifiutare la sua offerta di andare avanti a esercitarsi con Madeline.

Improvvisamente Madeline si sentì maldestra e rigida. Lo sguardo di Chris pareva esprimere disapprovazione. Lei si fermò. «Che cosa sbaglio?»

«Come?» Hinnerk la guardò allibito. «Niente. Cosa te lo fa pensare?»

Chris non disse assolutamente nulla; ripeté la sua ultima *call* e Hinnerk ricominciò da capo.

Quella sera Chris stupì gli *square dancer* con delle *calls* che nel loro ordine erano chiaramente così insolite da causare più di una volta confusione. Lui era più spavaldo del solito; quanto alla disapprovazione, Madeline non ne vide più.

La sua baldanza rese sfrontata Madeline. Ballò intenzionalmente male, poiché sperava che lui prendesse in mano la situazione e le mostrasse di persona come eseguirlo correttamente. Ma magari il martedì precedente era stato un'eccezione per agevolare il suo inserimento. Invece questa volta dapprima le fece cambiare il compagno, poi il suo *square* dovette proprio fare una pausa, affinché lei potesse stare a guardare gli altri.

Dopodiché, preferì fare tutto giusto. Non voleva perdere il favore del suo *square*. Una volta incontrò lo sguardo vigile di Chris: aveva indovinato le sue intenzioni? Decise di godersi la serata e di abbandonarsi al destino da lì in poi.

Dopo l'allenamento Chris andò via salutandola a malapena.

Arrivata a casa, gli scrisse una mail chiedendogli se si sarebbe esercitato ancora con lei prima della lezione. «Dopo la lezione» scrisse Chris in risposta. Prima era in servizio.

7

La *square dance* era in realtà facilissima, se solo si sapeva cosa si celava dietro a *calls* così curiose come *"pass the ocean"* oppure *"ladies in, men sashay"*. Hinnerk annuiva con sempre più approvazione. Madeline si godeva l'atmosfera del gruppo, la musica – e il suono ammaliatore del canto di Chris. Ogni volta che le cadeva lo sguardo su di lui, aveva la sensazione di avere la sua completa attenzione.

E se avesse detto al nonno che dopo il fiasco con Robert aveva semplicemente colto la prima occasione che le era capitata? In effetti avrebbe dovuto fargli piacere. Ballare era ballare... No, non lo era. Appunto per questo sarebbe rimasta a *square dance*. Al pensiero di Chris, le venne un nodo in gola.

Madeline era così immersa nei suoi pensieri, che cominciò a fare degli errori. La fronte di Chris, aggrottata per il biasimo, le imponeva di concentrarsi di più. Non doveva pensare che lei lo facesse di nuovo apposta.

Poi l'allenamento finì e il gruppo si radunò al bar, come d'abitudine. Chris stava insieme agli altri e discorreva. Aveva deciso che lei non aveva bisogno di ripetizioni?

Madeline sorseggiava indecisa il suo Prosecco, requisita da Hinnerk. Gli si leggeva in faccia che le avrebbe domandato molto volentieri cosa le stava succedendo. Ma poi, con suo sollievo, non lo fece.

Poi Carola e Tanja vollero andarsene e Norbert chiese a Madeline se dovesse darle un passaggio.

Chris si accorse dello sguardo confuso di Madeline e andò da lei. Evidentemente aveva fatto attenzione a lei per tutto il tempo, sebbene fosse apparso immerso nei discorsi. «È tardi; ce l'hai lo stesso il tempo di restare?»

«Sì, certo.» Come se non avesse aspettato questo per tutto il tempo.

Lo sguardo di Hinnerk divenne ancora più vigile. «Esercitarsi? Anch'io posso rimanere ancora.»

Il volto di Chris restò inespressivo, quando rispose. «Non è necessario.» Perché non mandava via Hinnerk esplicitamente?

Ma Hinnerk sembrò non trovarci nulla di sospetto e, quando Chris tornò nella sala con Madeline, rimase solo brevemente sulla porta e si congedò ancora prima che cominciassero a ballare.

Madeline era tesa per l'emozione e, quando Chris la prese per mano, ebbe la sensazione di essere pervasa da un rossore rivelatore. Per camuffare cosa stava accadendo in lei, si irrigidì ancora di più. Ma non servì a niente.

Chris la prese per le spalle e studiò il suo viso. «Rilassata, Madeline.» Sorrise debolmente; il suo sguardo le provocò la pelle d'oca sulla schiena.

Lei si appoggiò e lui inspirò forte. Odorava di menta e di un dopobarba aspro, anche se si doveva essere rasato ore prima. L'ombra scura sulle guance gli conferiva un aspetto temerario.

Non le venne in mente una risposta che fosse in qualche modo arguta o intelligente. Però iniziò a rilassarsi. Intanto, per tutto il tempo, ebbe la sensazione che lui dovesse sforzarsi di rimanere calmo. Non era rimasto niente della leggerezza degli altri giorni. A un certo punto, smise di rifletterci su e ballò e basta.

«Ti do un passaggio a casa» disse lui, quando al bar tintinnarono i bicchieri che Marga stava riordinando. Evidentemente, questo era il segno di smettere. Forse la sera Marga aspettava finché l'ultimo se n'era andato? Eppure Chris aveva di sicuro una chiave del piano.

Poi se ne andarono tutti e tre insieme, però Marga declinò l'offerta di Chris di portare a casa anche lei. «Ho bisogno di aria fresca e movimento, prima di poter dormire.»

Aveva ricominciato a nevicare e la neve si stagliava chiara contro il cortile non illuminato. «Probabilmente il custode è di nuovo al bar» bofonchiò Marga, mentre li seguiva e camminava sulle loro orme con le braccia leggermente allargate.

Chris prese per mano Madeline per guidarla in sicurezza sulla superficie scivolosa.

Sul ciglio della strada, Marga si fermò. «Arriviamo a casa più velocemente se non veniamo con te, Chris. Finché non hai disseppellito la tua macchina e sulle strade scivolose...» Guardò Madeline persuasiva, ma quando lei non reagì, Marga si congedò e si avviò a grandi passi verso la stazione della metro.

L'auto di Chris era soltanto a pochi passi di distanza, ma quando Madeline vi salì aveva già mani e piedi ghiacciati. C'erano di sicuro quindici gradi sotto zero. Si serrò le mani sotto le ascelle, mentre Chris puliva i vetri tutto intorno. Prima di partire, afferrò dal sedile posteriore una coperta isotermica e vi avvolse Madeline.

«Tu esageri!»

Lui sogghignò. «Deformazione professionale.»

Lei osservò più attentamente la coperta. «Per caso appartiene ai vigili del fuoco?»

«È come quelle che usiamo anche nei vigili del fuoco.» Chris premette il bottone di avviamento e, dopo un attimo di assestamento, il motore a benzina si mise in moto.

Per strada c'erano solo sporadici veicoli del servizio invernale e Chris preferì le strade principali alla tangenziale. Dopo che la batteria si fu scaldata, passarono silenziosamente attraverso la città innevata. Era scivoloso e la Toyota continuava a frenare da sola, perché le ruote cominciavano a slittare.

Marga aveva ragione; certamente era arrivata a casa più velocemente con la metro. Ma per tornare a casa Madeline doveva cambiare più volte e alle fermate dell'autobus si sarebbe congelata i piedi.

Chris era taciturno. Di tanto in tanto le lanciava uno sguardo con la coda dell'occhio, che lei non sapeva come interpretare. Lei gli dava indicazioni ed erano le uniche parole che diceva.

La tensione tra loro aumentava.

«Grazie» mormorò, quando lui si fermò davanti alla sua porta.

«È stato un piacere.»

Non poté fare a meno di andargli incontro, quando lui si voltò verso di lei.

Le diede un fuggevole bacio sulla guancia.

A Madeline si bloccò il respiro; poi voltò la testa e le loro labbra si incontrarono. La bocca di lui era calda e morbida e si aprì al suo tocco. Rese il bacio più profondo e lui rispose con la lingua. Poi, però, si tirò indietro.

«Madeline.» Si schiarì la voce. «Non dovremmo farlo.»

Sbuffò sdegnata. «Ho quasi diciott'anni!»

«Quasi!» Chiuse un attimo gli occhi; poi allungò una mano e la attirò a sé.

Per stargli ancora più vicino, lei gli mise le braccia intorno al collo. «Baciami, Chris.» Gli strusciò il viso sulla guancia; lui mandò un gemito. «Baciami, Chris.» Con due dita gli accarezzò le labbra molto lentamente.

Lui emise un verso che sembrava il ringhio di un cane dal profondo della gola. «Mi fai impazzire, Madeline.» La attirò sulle sue ginocchia. E poi la baciò; intenso, esigente, fino a toglierle il respiro. L'animo le avvampò.

Era in braccio a lui con gli occhi chiusi, seguendo le onde calde che le attraversavano il corpo. Che sensazione di vertigine. Che un semplice bacio potesse avere un tale effetto... ma non era stato un semplice bacio. Chris era pazzo di lei; su questo non c'era possibilità d'errore.

«Chris...»

Lui le posò una mano sulla bocca, carezzandole intanto la guancia con il pollice. «Sarà ora che tu torni a casa.»

«Qui è tutto buio; nessuno ci vede. E i miei genitori sono al Friedrichstadtpalast.» Scivolò indietro al suo posto. «Vorresti vedere la mia collezione di farfalle?»

«Cosa?» La guardò come se lei avesse perso il senno.

«Era una *running gag*. Non infilzerei mai le belle farfalle.»

Le rughe di espressione attorno ai suoi occhi si fecero più profonde e divennero visibili persino nella semioscurità della strada. «Dormi bene, Madeline.»

«Sognerò di te, Chris.»

Lo sguardo di lui era nuda e pura tenerezza. Scese allegra dalla macchina e si incamminò a grandi passi oltre l'ingresso verso l'uscio di casa.

Quando si voltò, lui era partito silenziosamente.

Madeline sorrise. Tra appena due mesi avrebbe compiuto diciotto anni...

Si prese un bicchiere di latte e poi avviò il computer. «Buonanotte» le aveva inviato Chris dal cellulare. Era decisamente innamorato di lei.

8

«*Hello* Marga! Che qualcuno della direzione provi ancora a dire che i giovani non si interessano alle nostre danze tradizionali.» Chris posò sulla scrivania la borsa con l'uniforme. «Puoi iscrivere una nuova ballerina a *square dance*.» Era raggiante.

Marga cambiò programma e aprì il file degli iscritti. «Chi intendi come nuova ballerina? Madeline? Di sicuro a George non farà piacere.»

«Perché? Perché lascia perdere il gruppo di ballo? Non per colpa nostra!»

«George considerava già sua nipote la nuova stella nel firmamento delle gare di ballo...»

Chris la fissò a bocca aperta. Cosa aveva appena detto?

«Cosa c'è?»

Lui respirò profondamente. «Perché nipote?»

«Chi pensavi che fosse Madeline Lagrange?»

«Fino ad ora non sapevo come si chiamasse di cognome.» Si sfregò il viso con un gesto stanco. «Questo però...» Non bastava che Madeline avesse solo diciassette anni; era pure la nipote del presidente.

Più complicato di così non poteva davvero essere.

«E che cosa cambia?» Marga copiò i dati di Madeline nella tabella del gruppo di *square dance*. «Ti invio sul cellulare il suo numero di telefono e indirizzo mail.»

«La mail ce l'ho già.» Estrasse il cellulare dalla tasca e sfogliò il calendario. Nel mentre, annunciò a Marga le successive date degli allenamenti. «Ho potuto spiegare ai colleghi che devo programmare con più anticipo. Se non ci sono crisi, questi sono i turni per le prossime quattro settimane.»

«E tu cosa hai offerto loro in cambio?»

Alzò le spalle. «Non ho una famiglia; posso fare i turni svantaggiosi senza nuocere a nessuno.»

«Molto altruista!» Marga strizzò l'occhio.

Che le prendeva? Lui aggrottò la fronte; il sarcasmo non era da Marga. Era per via dell'ora extra con Madeline? «Tutto ha il suo prezzo.» Prese i suoi CD dall'armadio dell'ufficio e andò nella sala grande per cercare i pezzi che voleva usare quella sera.

Ora aveva fatto iscrivere Madeline come membro del gruppo. Ma sarebbe venuta dopo il bacio? Non aveva reagito al suo messaggio della buonanotte.

«Dell'acqua, Chris?» Marga uscì dall'ufficio con un cartone di bevande e cominciò a sistemarle nel frigorifero del bar.

Adesso avrebbe bevuto più che altro una birra. O meglio ancora un whisky. Ma non era compatibile col suo lavoro; e poi avrebbe pure puzzato di alcool.

Aprì la sua acqua minerale ed esaminò il primo CD. *"Pickin' up Strangers"* – il primo pezzo durante cui aveva tenuto in braccio Madeline. Il solo ricordo bastò a svegliare in lui il desiderio. Non avrebbe mai dovuto ballare con lei. In fondo era lui quello più saggio, quello adulto; con il doppio degli anni di Madeline.

Troppo vecchio.

Lo sbattere della porta della sala lo riscosse dai suoi pensieri.

Madeline si gettò tra le sue braccia e lo baciò impetuosa. Lui non poté fare altro che ricambiare il suo bacio. Sprofondò nel calore di lei, nel delicato profumo dei suoi capelli. Il suo calore si propagò in lui e durò pochi secondi, finché lui non reagì bruscamente.

Voltò la testa di lato. «Madeline...» Evidentemente, in sua presenza non gli venne in mente nient'altro che pronunciare ancora e ancora il suo insolito nome.

«Ho chiuso apposta la porta.» Lo baciò sulla guancia, gli sfiorò il mento con la bocca e poi di nuovo aveva le labbra sulle sue.

Lui mandò un gemito. «Smettila!»

Madeline indietreggiò; i suoi occhi luccicavano umidi. «Non mi vuoi?» Suonò così lamentevole che lui la strinse di nuovo a sé.

«Carissima, meravigliosa Madeline.» Le spostò un ricciolo dalla fronte, prima di lasciarla nuovamente andare e fare mezzo passo indietro. «Tu sei minorenne e io per giunta il tuo istruttore!»

Ostinazione e collera le si dipinsero sul viso. «Non mi interessa. Io non mi faccio comandare a bacchetta!» Adesso stava per battere il piede a terra.

Chris allungò la mano verso di lei. «Vieni qui!»

I suoi occhi scoccavano saette; ora la sua rabbia era diretta contro di lui. «E nemmeno da te mi faccio comandare a bacchetta.» Scoppiò a ridere. «Oh – chiaramente devo farlo.» E di nuovo una bufera sul suo viso. «Ma non così!»

Il suo temperamento capriccioso era eccitante. «Che male c'è se ci tratteniamo finché non diventi maggiorenne?» Aspettò quasi con curiosità di vedere quali sentimenti ora lei avrebbe mostrato sul volto.

Il broncio. Si sedette accanto a lui sul bordo del tavolo. «Non viviamo mica nel medioevo. Non interessa a nessuno.»

«Sarebbe vero il contrario. Nel medioevo era indifferente che età avessero le ragazze.»

Madeline cominciò a massaggiarsi il lobo dell'orecchio; ma prima che riuscisse a riaprire bocca, la porta della sala venne aperta.

Lei si voltò di scatto spaurita; così non lo vide sospirare di sollievo.

Norbert e Carola erano sulla porta; Norbert con la fronte aggrottata, come sospettasse qualcosa. «Se continuate così spesso con le lezioni private, presto Madeline farà concorrenza a tutti noi.»

«Le *ladies* non volevano l'opportunità di potersi assentare senza avere la coscienza sporca?» Probabilmente non era molto convincente; ma cos'altro poteva dire?

«Non ci siamo esercitati.» Madeline con la sua spensieratezza!

Le rughe sulla fronte di Norbert divennero più profonde. Aveva bisogno di un'occasione per parlare con lui. Ma così avrebbe dovuto far tornare a casa Madeline da sola.

Durante l'allenamento, Madeline lo cercò così palesemente che presto anche Hinnerk aggrottò la fronte. E poi Tanja.

Chris non poteva farci nulla. Se avesse detto qualcosa, la situazione sarebbe diventata davvero sospetta. Non lo conoscevano abbastanza bene da fidarsi di lui? Non ebbe occasione di parlare con loro. Dopo l'allenamento, Madeline aspettò che lui se ne andasse, come fosse del tutto naturale. Sia Hinnerk sia Norbert avevano offerto a Madeline di andare con loro. Ed entrambi avevano reagito più che perplessi quando lei aveva rifiutato e non si accingeva ad andare a casa. Era così evidente che aspettava qualcosa – che aspettava qualcuno.

Se ne andarono di nuovo insieme a Marga, che chiuse a chiave il circolo dietro di loro. In strada, Marga lo prese a braccetto. «Oggi accetto volentieri la tua offerta. Voglio andare da mia sorella.»

Lui fece un sorriso forzato. «E l'auto non è coperta di neve.» Il percorso logico da seguire era che lui facesse scendere Madeline per prima. Marga lo sapeva; conosceva l'indirizzo di Madeline.

Madeline però non lo sapeva e si gettò allegramente sul sedile del passeggero. Ribaltò verso il basso l'aletta parasole e osservò Marga in silenzio nello specchietto per il trucco, mentre Marga e Chris chiacchieravano.

Quando furono quasi a Schmargendorf, sul viso di Madeline si allargò un'espressione stupita. «Marga, pensavo che vivessi a Wilmersdorf.»

«Ma adesso non è quella la mia meta.» Marga le sorrise candidamente nello specchietto. Dunque anche Marga si era insospettita; lui lo aveva immaginato. Madeline non aveva fatto nessuno sforzo e lui era sempre stato un pessimo attore.

Lui si fermò davanti a casa di Madeline e il viso di lei si rabbuiò tutto. Lo pugnalò con lo sguardo. Perché lei sfogava la rabbia su di lui e non su Marga, che si era imbucata nella sua auto senza che l'avesse invitata?

Quando Madeline, riottosa, scese a mento alto senza salutare, il dispiacere lo attanagliò. Quanto avrebbe desiderato ora annegare nel suo bacio...

La guardò allontanarsi finché fu scomparsa dentro casa. Sulla porta non si era nemmeno voltata verso di lui. Era ferita; lui non aveva voluto che accadesse. Di certo neanche Marga lo aveva voluto. Con un sospiro, mise in moto.

Marga si chinò in avanti tra i sedili. «Voi non fate stupidaggini, non è vero?»

Lui preferì non dire nulla a riguardo.

«La ragazza è pazza di te; lo vede anche un cieco. Ma che mi dici di te, Chris?»

«Per me è una cosa seria.» Sospirò di nuovo. «E mi fa star male che lei sia troppo giovane per valutare correttamente i propri sentimenti.» Quando svoltò all'angolo successivo, lanciò un'occhiata a Marga. «Speravo che anche per lei fosse una cosa seria.»

«Non ti ho proprio mai visto così, Chris.» Ora nella voce di Marga c'era davvero del biasimo. «Ed è troppo giovane per te.»

«Chi lo sa.» Strinse le labbra.

«Chris!» Questo era puro sdegno. «Sei abbastanza vecchio da sapere che questa è una ragazzata. Vi conoscete – da quanto? Dieci giorni?»

«Due settimane.» Il suo cuore si infiammò. «Eppure succede. Amore a prima vista.»

«Assurdo!» Marga gli picchiò col pugno sullo schienale. «Sei lusingato perché una ragazzina ti segue con occhi bovini. Hai già la crisi di mezza età? Stai alla larga da lei; non ne può venire nulla di buono.»

A questo punto si fece molto attento. «Che cosa intendi?»

«Se George se ne accorge... Metti a repentaglio l'intero gruppo.»

Scoppiò a ridere. «Vuoi dire che mi sbatterà fuori? Per lui la *square dance* è comunque una spina nel fianco.»

«Una ragione in più per non dargliene l'occasione.» Sembrava realmente preoccupata. «E poi non vedresti più la ragazza.»

«Presto Madeline avrà diciott'anni.» Ora usava la stessa argomentazione che usava lei. Però Marga ovviamente aveva ragione; se George lo prendesse di mira, avrebbe la meglio in direzione... Persino se il gruppo abbandonasse il circolo insieme a lui; tutto questo non sarebbe nulla di buono.

Ma questo problema si porrebbe anche se Madeline avesse diciotto anni. Se il presidente non tollerasse la loro relazione, avrebbe molti mezzi per tormentarlo. E probabilmente non aveva ancora capito che Madeline preferiva la *square dance* al gruppo di ballo.

«Io non dico proprio nulla. Ma dico solo che dovresti ragionare con la testa e non con...»

«Non abbiamo mica dormito insieme! Per chi mi prendi?»

Il volto di Marga glielo disse chiaramente. Ma lei gli credeva; non avrebbe raccontato nulla alla direzione.

Quando Madeline entrò in cucina con le spalle chine, Konstanze in silenzio le fece un tè alla menta, vi mescolò dello zucchero e le mise la tazza davanti al naso.

«Come se fossi malata!»

«Malata o no. A me sembra proprio che tu possa aver bisogno di un po' di coccole.»

Madeline soffiò circospetta nella tazza. «E ovviamente vorresti sapere cosa succede.»

«A qualcuno dovresti raccontarlo.»

Madeline appoggiò i gomiti sul tavolo e prese la tazza tra le mani. «Perché? Non cambia mica nulla.»

«Ma allora qualcuno ti ha pestato i piedi molto forte.» Konstanze rise. «Probabilmente non in senso letterale...»

Madeline bevve cauta metà della tazza, prima di afferrare le mollette per lo zucchero e farci cadere dentro con un tonfo un'altra zolletta.

«Chi è?»

Madeline non era ancora pronta a confidarsi con lei. Sbatté innocentemente le ciglia.

«Non ti ho mai vista così, bambina mia. Sembra proprio che sia la prima vera pena d'amore.

«Pena d'amore!» Madeline sbuffò sdegnata. «È roba da adolescenti.»

«E tu non la sei più?»

«Tra sei settimane non potrete più intromettervi fra noi. Dovete solo azzardarvi!»

«Noi!» Konstanze posò le mani sulla spalla di Madeline e la voltò verso di sé. «Allora, chi è?»

«Chris!» A Madeline vennero le lacrime agli occhi. «Il *caller.*»

«Il che?»

«Ma maman! Quello che guida il gruppo di *square dance.*»

Konstanze la abbracciò. «Per lui è una cosa seria?»

«Che ne so!» Madeline sbuffò. «Ho visto come reagisce a me. Ma non so cosa pensarne.»

«Ti ha detto che ti ama?»

«No. Però... però si percepisce lo stesso.» Un singhiozzo le strinse la gola. Non lo aveva degnato di una parola, quando era scesa dall'auto. Ma perché era stata così cattiva con lui?

«E allora perché piangi?»

Madeline posò la tazza e appoggiò la testa tra le mani. «È tutto così difficile.»

«Da quanto lo conosci? Veramente, intendo. Sei nel gruppo soltanto da un paio di settimane.»

«Questo non c'entra proprio niente.» Gli occhi di Madeline iniziarono a scintillare. «Quando l'ho visto per la prima volta... Ci siamo guardati attraverso la stanza e ho pensato che il cuore mi si fosse fermato. All'improvviso l'aria sembrava bruciare e... e...» Non aveva parole per ciò che aveva provato in quel momento.

«Amore a prima vista, intendi?» Konstanze sorrise indulgente. «Ti capiterà altre volte che la vista di un uomo faccia vibrare tutti i tuoi sensi. Questo non è amore, è attrazione sessuale. Chimica. Non puoi costruirci sopra una vita.»

«E quale relazione dura per tutta la vita? Come se si dovesse fare affidamento su questo.»

«Ma insomma.» Konstanze scosse l'indice un po' minacciosa. «Noi hai imparato nulla da noi? E dai genitori di Bruno?»

«Tu e Bruno, voi siete l'eccezione che conferma la regola. E il nonno non ama più davvero Friederike da un pezzo. Da quando lei non può più ballare...» Come se quel terribile incidente fosse stato colpa sua.

Konstanze la prese tra le braccia e con il dorso della mano le asciugò le lacrime dal viso. «Hai qualcosa in contrario, se ti accompagno al prossimo allenamento?»

«Cosa?» Madeline la fissò senza capire. «E come mai?»

«Ehm.» Konstanze sorrise maliziosa. «Dato che ora hai deciso di rendere questa faccenda del ballo qualcosa di duraturo, mi interessa che tipo di gente è.»

«Mi spii?» Madeline strinse i pugni e cercò di reprimere la rabbia crescente.

«Se volessi spiare, non ti direi nulla.»

Strinse gli occhi a fessura, diffidente. «Tu vuoi sapere chi è Chris.»

«Te ne stupisci? Non hai mai parlato di nessun ragazzo di cui ti eri invaghita così come parli di lui.»

«Chris non è un ragazzo!»

Konstanze rise di cuore. «Appunto per questo.»

10

Il martedì successivo, Chris non aveva di nuovo avuto tempo di farsi la doccia in caserma tra un intervento e l'allenamento; i capelli bagnati sarebbero stati molto insalubri con le gelide temperature. Poco prima dell'inizio dell'allenamento, entrò nei locali del circolo avvolto nell'uniforme e nell'odore di fumo.

George sedeva alla sua scrivania in ufficio e smistava la posta. Di martedì. Si voltò verso di lui e lo squadrò con un'espressione di disapprovazione.

«Buonasera, George.» Chris cercò di ignorare il presentimento di una imminente sciagura. Doveva chiedergli perché era venuto?

Marga sfoderò un sorriso allegro. «Hai di nuovo salvato qualcuno, Chris?»

Per un attimo, la disapprovazione svanì dal volto di George. «Da quel che vedo, non è facile conciliare la tua professione con il lavoro che svolgi qui.»

«Ma ci si riesce. A breve non mi si leggerà più in faccia cosa ne faccio del resto della mia vita.» Chris sogghignò e sollevò una manica vicino al naso. «E non se ne sentirà più nemmeno l'odore.» Afferrò il suo sacco dei vestiti dall'armadio, prese dalla parete la chiave della doccia e lasciò l'ufficio fischiettando.

Lo sguardo di George gli perforava la schiena. Che intenzioni aveva quell'uomo?

Quando uscì dalla doccia, i primi ballerini erano al bar e George in ufficio aveva spostato la sedia così tanto di lato da averli nel suo campo visivo. Come un ragno che sta in agguato nella sua tela. Anche quando arrivò Madeline, rimase là seduto.

Madeline salutò tutti con dei bacini. Arrivata da Chris, gli posò le mani sulle spalle. Lei profumava di cannella e di qualcosa di dolce, cioccolato forse. Il suo tocco lo elettrizzò; la spinse rapidamente via da lui.

«Tuo nonno è qui.»

«Mio chi?» Lo guardò scioccata. «Nonno?»

«Pensavi che non sarei venuto a saperlo?»

«È facile. Cognome tipicamente ugonotto.» Madeline alzò il mento. «In fin dei conti, qui lo sanno tutti.»

Lui si allontanò. «Andiamo, gente!»

Chris faceva fatica a concentrarsi. Il pensiero dello sguardo di disapprovazione di George non gli dava pace. Dopo un po' George arrivò e si mise sulla porta della sala. Stranamente questo lo aiutò. Era una sorta di sfida; e a quella sapeva come rispondere.

Dagli *squares* gli sguardi si spostavano avanti e indietro tra lui e George. Si erano accorti che c'era un conflitto nell'aria. L'atmosfera divenne carica. Nonostante la crescente tensione, nessuno fece più nemmeno un errore quella sera; anche il gruppo aveva accettato la sfida.

Sollevato, alla fine Chris spense lo stereo.

George era sempre sulla soglia, anzi, la occupava ancora di più. «Siete davvero bravi, gente.» Il suo sguardo indugiò su Madeline. «È un peccato che sprechiate il vostro talento con questo girotondo.»

Madeline raccolse la provocazione prima che qualcun altro potesse reagire. «Nonno, l'importante è che ci diverta.» Ricevette un paio di occhiate perplesse; allora anche altri non avevano saputo che lei fosse sua nipote.

Norbert sbuffò forte, prima di aprire bocca. «George, noi apprezziamo molto di poter ballare lo stesso in questo fantastico circolo.»

«Ti porto a casa, Madeline.» Finalmente George fece un passo di lato, di modo che gli *square dancer* potessero lasciare la sala. Madeline lo prese per mano.

Il suo sguardo volò a Chris. Prima che George si voltasse verso di lui, scosse il capo. Certo non sarebbe stata una buona idea adesso rimanere ancora a esercitarsi. Al vecchio tutto questo non andava a genio. Ed era famoso per la sua ostinazione.

Forse non era comunque una buona idea, rimanere da solo con Madeline. Forse non sarebbe stato all'altezza di questa sfida. La ragazza lo turbava come nessun'altra prima.

Marga, fingendosi indaffarata, posò le solite bevande sul bancone.

«Quel George sta tramando qualcosa.» Norbert scolò la sua birra d'un fiato e schiaffò la lattina nel cestino dei rifiuti dietro al bancone. «Non sapevo che fosse sua nipote.»

Hinnerk guardava pensieroso nel proprio bicchiere. «Forse ho commesso un errore ad attirarla qui dal gruppo di ballo.» Il suo sguardo trafisse Chris. «Potevo forse prevedere quali conseguenze avrebbe avuto?»

In Chris si insinuò la sgradevole sensazione che lui non si riferisse a George. Ma adesso le cose erano come erano.

Quando alla fine tutti gli *square dancer* furono andati via, si recò in ufficio per prendere la sua uniforme. A quel punto, la voce di George rimbombò dal bar. Era tornato.

Chris fece un respiro profondo; era meglio togliersi il pensiero.

«Cosa c'è tra te e mia nipote, Chris?» George voleva lo scontro, eppure fingeva in modo ipocrita di dover dapprima chiarire ancora qualcosa? Cane bugiardo! Ma anche lui ne era capace.

«Non ti va che Madeline preferisca la *square dance* al gruppo di ballo. Lo so. Devo dissuaderla?»

«O Madeline resta lontano dalla *square dance* o ci cercheremo un altro *caller.*»

«Lei pensa di fare un piacere a Madeline, in questo modo?» Per rimanere razionale, Chris cercò la salvezza nel prendere le distanze.

George divenne livido di rabbia; strinse i pugni. «Ti ha abbracciato!»

Lui annuì lentamente. «Ci vogliamo bene.»

«Non osare! Io ti denuncio, tu... tu... playboy.»

«Per cosa, signor Lagrange? Conosco la mia responsabilità.»

«Madeline è una bambina. Non sa cos'è bene per lei.»

«Se lo sa meglio lei, allora sicuramente riuscirà a convincerla.» Chris indossò la giacca. Non si sarebbe impegolato in un alterco in cui poteva solo avere la peggio.

Ma sarebbe stato all'erta. Lagrange era capace di tutto.

Madeline per il momento avrebbe fatto meglio a rimanere lontana dalla *square dance*. Ma non poteva parlargliene senza rivelare i profondi sentimenti che nutriva per lei. E poi lei non sarebbe stata pronta a mantenere le distanze. Quella ragazza non conosceva compromessi.

Se solo pensava a lei, gli ardeva dentro un'indomabile bramosia di tenerla tra le braccia, di sentire come si apriva a lui, come era pienamente disponibile a compiacerlo.

11

«Prima o dopo la lezione?» chiese per mail Madeline prima dell'allenamento successivo. Sperava dopo. Così avrebbe avuto Chris tutto per sé. Doveva solo liberarsi di Marga, prima che lui la portasse a casa. Madeline spense il computer. Non avrebbe più guardato nelle mail prima di uscire di casa. Così poteva fingere di non saperne nulla e lui al termine della lezione si sarebbe allenato con lei.

Ma Chris mandò a monte i suoi piani, filandosene via al servizio di turno subito dopo la lezione. E questo dopo che quella sera lui aveva avuto continuamente qualcosa da correggere. La volta seguente si comportò nello stesso modo; e per giunta entrambe le volte non aveva risposto alla sua mail.

Decise di affrontarlo. Se davvero aveva i turni di notte, durante il giorno sarebbe stato a casa. Dopo la scuola, invece di tornare a casa si recò da lui.

Lui aprì la porta dell'appartamento senza prima chiedere chi fosse. Scalzo, i capelli arruffati, un'ombra di barba sul mento e nudo sotto un kimono che gli arrivava solo fino a metà coscia: evidentemente era appena uscito dal letto. Perlomeno non le aveva mentito.

Lui la fissò.

«Posso entrare?» Era un bel pezzo d'uomo. La linea scura dei sottili peli sul suo petto nudo la invogliava a ricalcarla con le dita. Al pensiero il respiro le si accelerò.

Lui continuava a fissarla, ma i suoi occhi cominciarono a scintillare. Lui sapeva cosa stava pensando. E pensava lo stesso.

Ora o mai più! Lei avanzò e poiché lui indietreggiò di mezzo passo per mettere distanza tra loro, lei fu nell'appartamento.

Dritta di fronte c'era la porta spalancata della sua camera da letto. Era grande, ma il letto era così stretto che di certo vi dormiva quasi sempre da solo.

Madeline lo agguantò per la spalla. «Cos'è successo? Perché non ti alleni più con me? Perché non rispondi alle mie mail?»

Il suo sorriso appariva piuttosto misero. «Non ne hai bisogno.»

Lei strinse gli occhi a fessura. «In che senso?» Hah! Il lampo nei suoi occhi dimostrò che sapeva esattamente cosa intendeva lei.

Si appoggiò a lui. Lui teneva le mani lontano da sé per non toccarla. «E pensavo...» Alzò il viso verso di lui. «Chris, ti amo.»

Per un attimo rimase immobile. Almeno non rideva di lei.

Però la scostò via da sé. «Madeline, sii ragionevole.»

«Non ci penso proprio!» Batté il piede a terra. «Veramente, non avrei mai pensato che tu fossi così codardo.»

Chris strinse i denti. Ci sarebbe stata solo una possibilità per dimostrarle il contrario. Ma se non voleva farlo, doveva proprio mandar giù l'offesa. «Tuo nonno è sul punto di buttare all'aria l'intero gruppo di *square dance*.»

«Non lo decide da solo!» Strinse gli occhi per ricacciare le lacrime. «Quando si vuole davvero qualcosa...» Si voltò bruscamente e se ne andò. Quando sbatté la porta, rimbombò per tutta la casa.

12

Dopodiché Madeline non venne all'allenamento. Senza avvisare. Non si era fatta viva nemmeno con Hinnerk. Era quello che Chris aveva voluto ottenere per proteggere il gruppo. E se stesso. Ma lei mancava – mancava a lui.

Per tutto il tempo, gli sguardi penetranti dei ballerini erano posati su di lui; tutti avevano un po' la testa altrove. Aveva la coscienza sporca. Nei confronti del gruppo. Ma ancor più nei confronti di Madeline. Eppure lei l'avrebbe superata. Per quel che riguardava lui stesso, non ne era poi così sicuro.

Poco prima della fine dell'allenamento, la voce di George risuonò fino a loro nella sala.

Come a comando, smisero tutti di ballare.

Chris ripeté la sua *call*. I ballerini rimasero ancora fermi. «Avete bisogno di una spiegazione?»

«Sì» rispose Hinnerk. «Cosa succede tra te e Madeline?»

«Credo che non ti riguardi.»

«A quanto pare riguarda un po' tutti noi.» Micky puntò i pugni sui fianchi e avanzò di un passo.

Chris non poté fare a meno di alzare le spalle. «Madeline oggi non è venuta. *So what?* Tutti voi vi siete già assentati una volta.»

«Non senza disdire.» Tanja sollevò una mano per bloccare ogni obiezione. «Abbiamo capito molto bene che a George non va giù che Madeline preferisca ballare la *square dance*. Ma non è venuta nemmeno al gruppo di ballo.»

«Vedi? Non ha niente a che fare con noi. Facendo i compiti avrà scordato l'ora. O il giorno.»

Hinnerk prese il cellulare dalla tasca dei pantaloni. «Chiediamoglielo.»

Chris alzò le spalle fingendo indifferenza. Madeline non avrebbe avuto una risposta per Hinnerk; per quello era troppo orgogliosa e testarda.

D'un tratto, George fu sulla soglia. «Madeline non c'è oggi?» Era ipocrita o non lo sapeva davvero?

«La maturità si avvicina» spiegò Norbert. «Ha sempre detto che quella è al primo posto.»

Carola ghignò. «È bello che ti interessi che lei balli almeno qualcosa.»

George grugnì. «Non sono venuto per questo. Devo parlare con voi.»

«Bene» disse Lydia Aydemir. «Rimarremo tutti più a lungo.» Si voltò. «Possiamo continuare ora, Chris?» Come se non fosse stato il gruppo stesso ad avere interrotto il ballo.

Chris ripeté un'altra volta la sua ultima *call*.

Ballarono senza errori. George li osservava e tutti loro sentivano che c'era qualcosa che minacciava il loro gruppo.

Poi Chris spense lo stereo. Tutti restarono fermi ai loro posti e volsero la loro attenzione a George, come se fosse membro di una giuria. E in quel momento in un certo senso lo era.

«L'ho già detto l'altro giorno: siete bravi.» Aggrottò le sopracciglia e guardò verso Chris. «Dovremmo darvi la possibilità di avere assicurato un allenamento regolare.»

«Ma noi ci alleniamo già regolarmente» protestò Carola ad alta voce.

«Insomma.» Ora George strinse anche gli occhi a fessura. «Ma gli appuntamenti vanno e vengono. Per questo motivo anche per Marga e i gruppi da concorso l'organizzazione è molto complicata.» Come se fosse cambiato qualcosa nei loro due appuntamenti settimanali negli ultimi due anni.

«Che intenzioni hai? Provvedere affinché Chris possa distribuire diversamente i suoi turni?»

«Mi sono informato un po' in giro. Il circolo assumerà per voi un nuovo *caller.*»

A Chris cadde la mandibola. Aveva intuito che George tramava qualcosa in quella direzione; ma che lo manifestasse così apertamente... Quell'uomo non temeva affatto di provocare uno scontro.

Norbert fece un ampio ghigno. «Proprio non sapevo che il circolo ci tenesse così tanto in considerazione!» Spostò lo sguardo in cerchio. Probabilmente stava calcolando quanto spazio di manovra aveva il gruppo. Molto, di questo Chris era certo. «Ma non dovete disturbarvi. Non potremmo avere un *caller* migliore di Chris.»

«È troppo faticoso.» George suonò d'improvviso sulla difensiva. Chris si sforzava di nascondere il proprio divertimento.

«Ci siamo aggiustati con i turni» ribatté Micky. «Una volta il gruppo, una volta allenamento libero; nessun problema.» Ghignò. «Hinnerk, con le sue missioni all'estero, è un problema più di Chris.»

«Un altro uomo? Avete bisogno di più sostituti?» Micky era riuscito a distogliere George dall'argomento? «Allora avrete presto delle difficoltà a mantenere il gruppo.» Adesso profetizzava la fine del gruppo?

Carola rise. «Cos'hai in mente, George? Prima ci lecchi i piedi e ora metti tutto in discussione?»

George arrossì. Come al solito quella ragazza non aveva nessun tatto; ma in questo caso era utile. Chris cominciava malignamente a divertirsi nell'osservare le manovre di George.

«Non metto in discussione proprio nulla.» Una dichiarazione esplicita; con questa potevano incastrarlo. «Il circolo vi vuole condurre a un maggior successo.» Anche con questa potevano incastrarlo. Sul viso di Norbert balenò il trionfo.

«Se vuoi fare qualcosa per noi: abbiamo bisogno presto di Madeline come ballerina fissa!» Bettina Hinz si accarezzò il ventre. «Se lei potesse venire regolarmente all'allenamento, sarebbe in forma fino a quel momento.»

«Madeline deve occuparsi della sua maturità.» Forse George aveva ritrovato una solida posizione. «Saprà lei quanto tempo libero può concedersi.»

Tanja aprì la bocca; di sicuro per parlare di nuovo del proprio periodo scolastico al Liceo Francese.

Chris alzò la mano in segno di rifiuto. Era una perdita di tempo discutere con George. Aveva intenzioni del tutto diverse.

«Lui ha ragione» disse invece. Gli *square dancer* lo fissarono allibiti. «Dovremmo piuttosto parlarne con Madeline.» Sorrise a George nel modo più amichevole di cui era capace. «George non deve dirle niente.»

George divenne ancora più rosso in viso. Non poteva lottare contro questo palese schiaffo senza mettersi in ridicolo. Gli altri sogghignarono.

«Allora è tutto chiarito.» Tanja si appese la borsa sulla spalla. «Anch'io devo sgobbare per gli esami la prossima settimana.» Fece una smorfia. «Statica; tutta matematica.»

Il gruppo si sciolse, contrariamente a ogni consuetudine, senza una chiacchierata al bar. Chris si chiese cosa avrebbe escogitato il vecchio come prossima mossa.

13

Lo seppe tre giorni dopo: ricevette una raccomandata con una citazione in giudizio. Durante il suo interrogatorio al commissariato, da fuori Chris udì Madeline infuriarsi nel mettere in chiaro che tra loro non era successo niente. Era ridicolo; ovvio.

Ma quando la volta dopo si recò all'allenamento, George lo intercettò all'entrata. Faceva il volto contrito, come se avesse qualcosa di cui dispiacersi. «Mi spiace, Chris. Ma non possiamo continuare a darti il lavoro, finché non viene eliminato il sospetto su di te. Se la notizia si diffonde...» Di questo si sarebbe di sicuro occupato George. «Alcune delle ragazze sono minorenni: la nostra responsabilità nei confronti delle famiglie...»

Chris lo lasciò in silenzio. Doveva vedere lui come lo avrebbe spiegato agli *square dancer*.

Non era ancora in fondo alla scala, che gli suonò il cellulare. Era Norbert. «Chris, aspettaci per favore! Tra poco verremo al bar.»

Ora avrebbe dovuto raccontare tutto al gruppo, di modo che loro capissero cosa tramava davvero George. Avrebbe volentieri evitato di rovinare in tal modo la reputazione del nonno di Madeline – ma alla fine non era un problema suo se George poteva rimanere nella direzione o meno. Quell'uomo era semplicemente troppo vecchio per capire ancora il mondo.

Gli *square dancer* entrarono al bar con aria cupa. Unirono alcuni tavoli e Norbert tirò Chris sulla sedia vicino a sé.

«Ho appena telefonato al presidente del "Berlin Bears": ci accolgono tutti in qualsiasi momento.» Fece un ampio ghigno. «Dobbiamo soltanto portarci il nostro *caller*, se vogliamo continuare a ballare come gruppo indipendente.»

«Volete lasciare il circolo?»

Tanja sfregò il dito sul bordo del bicchiere e lo fece cantare. Lo fissava mentre parlava. «Oh no; sarebbe troppo stupido. Axel si infurierebbe. E i nostri genitori di sicuro non accetterebbero di pagarmi le quote per due circoli.» Sollevò lo sguardo. «Più che altro è George che vuole sbarazzarsi di noi.»

«Lo vuole da sempre!» Hinnerk grugnì. «Ora ha un pretesto.»

«Ma Werner non vorrà rinunciare a noi. In fondo sa quanto fruttano al circolo le nostre esibizioni.» Andrea Falshagen di solito non diceva mai nulla in quella cerchia. La sua verve improvvisa fu impressionante.

«Io non lavoro con nessun altro *caller*, Chris.» Micky annuì energicamente. «Nessuno di noi.»

Chris guardò Sonja Kramer e Karen Wächter. «George informerà i vostri genitori della denuncia. Allora non si potrà più mantenere il gruppo.»

«E quindi pensi che i nostri genitori ci vietino di continuare a ballare con te?» Sonja ridacchiò. «Allora non conosci bene i nostri genitori! Si fidano di noi.»

«Inoltre nessuno crede a una simile sciocchezza.» Micky sbuffò indignato.

Ma lo sguardo di Hinnerk indugiò pensieroso su di lui. «C'è qualcosa dietro. Cos'è, Chris?»

«Madeline.»

«È capace di tali mezzi per tirarla fuori dal gruppo?» Gli occhi di Carola sprizzavano rabbia. «Ma già adesso lei non balla mica più con noi! Cosa vuole ancora?»

Chris scosse la testa. «C'è di più. Io...» E adesso cosa poteva dire ancora? Qualsiasi cosa; dovevano fraintendere. «Non si tratta solo del ballo.»

Hinnerk rimase a bocca aperta. Poi la richiuse molto sonoramente e strinse le labbra. Agli altri si leggeva in viso lo stupore; solo Norbert annuiva, come se ne fosse al corrente.

«Io mi attengo alle regole.» Chris finì di bere lentamente il suo bicchiere. «Tuttavia... È proprio una situazione difficile.»

«Tutt'al più riguarda i genitori di Madeline, non George. La ragazza è...» Norbert sogghignò. «È davvero sveglia, la piccola. Ci prova con te?»

Il viso di Chris iniziò a essere in fiamme. «Cerco di tenerla a distanza.»

«Si vede!» Gli sibilò Hinnerk. «Negli ultimi tempi sei stato tremendamente cattivo con lei. Mi sono chiesto il perché.» Brontolò. «Non si fa così.»

«Ah sì? E cosa devo fare secondo te? Se non la tengo lontano da me, allora...» Chris contrasse le dita attorno al bicchiere.

«Devi parlarle chiaro. Lei si crea proprio false speranze.» Hinnerk si indignava sempre di più.

Tanja rise divertita. «Sono sicura che non lo faccia.» Alzò le sopracciglia, accorgendosi dell'occhiata perplessa di Hinnerk. «Voglio dire che le speranze di Madeline non sono così false.» Spostò lo sguardo da uno all'altro e il sorrisetto le si allargò sempre più. «Ma guardate Chris. Questo è l'aspetto di un uomo innamorato!» Per un momento sul suo volto ci fu il trionfo per la propria scoperta. Ma poi il ghigno le svanì. «Però, come andrà a finire?»

«Come andrà a finire?» Chris sbuffò. «Ho il doppio dei suoi anni.»

«Oho! Se ci rifletti sopra, allora ti sei davvero innamorato!» disse Norbert.

Chris posò il suo bicchiere e si alzò bruscamente. «Ho il primo turno.»

Tanja allungò la mano verso di lui. «Chris, in amore non ci sono garanzie. Non importa quanto sembrino buone le premesse.»

Ma in questo caso le premesse erano cattive. O forse no? Anche le aspirazioni professionali di Madeline li accomunavano, molto più del ballo. C'erano sogni che potevano condividere... Lavorare all'estero, l'impegno con i "Medici Senza Frontiere"...

Mentre Chris, con le dita rattrappite dal freddo, raschiava il parabrezza per pulirlo, Hinnerk uscì dal bar. Dopo un paio di passi in direzione della metro, si voltò. Si appoggiò sul cofano e lo guardò.

Alla fine fu troppo per Chris. «Non sei certo qui perché vuoi congelarti i piedi.»

«Sono qui, perché non ho voglia di avere Bettina come compagna di ballo.»

Chris smise di raschiare. «Come, scusa?»

«Hai sentito bene. Voglio ballare con Madeline, non con Bettina. Lo sa anche lei – Bettina, intendo.»

«E perché ora mi dici questo?»

«Sono settimane che cerchi di cacciare Madeline. Per questo non è venuta all'allenamento; non per colpa della maturità.»

«Per me non ci sarebbe nulla di meglio che avere Madeline nello *square*...» sbottò Chris.

«Ma?»

Chris tolse il ghiaccio dal raschietto. «Nessun "ma". Solo che...» Lo sguardo attento di Hinnerk lo confondeva sempre di più.«Non va bene.» Riprese a raschiare il ghiaccio.

Hinnerk sembrava in attesa che lui continuasse. Ma Chris raschiava accuratamente il suo parabrezza.

«Fai sul serio con lei?»

Chris sollevò lo sguardo. «Cosa intendi con questo?»

«Anch'io mi sono innamorato di Madeline. È una ragazza così... così affascinante.» Il volto di Hinnerk si rabbuiò. «Per questo non tollero che tu la tormenti.»

Chris scosse la testa. «Io non tormento nessuno. E men che meno Madeline.»

«Quello che alle altre ragazze segnali con una strizzata d'occhio, a lei lo fai pesare!»

«Solo a vederla...» A Chris iniziarono a bruciare gli occhi. Strinse i denti per non far capire che non era causato dal freddo.

Hinnerk si chinò sul cofano verso di lui e interruppe il suo raschiare. «Anche tu!»

Chris abbassò la testa.

Per un attimo Hinnerk gli tirò il braccio con forza, poi lo lasciò. «Santo cielo! Sei un uomo adulto, Chris! Dille cosa succede! Parla con lei, ma non cacciarla via. Non renderla infelice.»

«E cosa devo dirle? Secondo te?» Aprì la portiera posteriore e buttò il raschietto sul pavimento dell'auto. «Sali, Hinnerk. Ti porto io. Altrimenti ti congeli qui.»

«Grazie; direzione sbagliata.» Hinnerk si ritrasse dall'auto e alzò la mano in segno di saluto.

Chris lo guardò allontanarsi, finché scomparve nella metro. Lui sarebbe andato bene per Madeline. Solo il pensiero di come Hinnerk ballava con lei, gli provocò un dolore quasi insopportabile. Se non si fosse sentito in obbligo verso il gruppo, avrebbe fatto le valigie e sarebbe sparito. Dimenticando tutta questa faccenda di Berlino. Dimenticando Madeline.

14

Madeline scatenava sempre la sua rabbia, quando i nonni venivano a cena. «Nonno, hai pensato che potresti farcela? Oppure non dovrei venire a saperlo? È a dir poco indecente quello che hai fatto!»

Bruno cadde dalle nuvole. «Come parli al nonno?»

Konstanze si mise dietro Madeline. «Ha ragione. È scandaloso quello che George si è permesso di fare.»

«Ma che diamine è successo?»

«Questa si chiama diffamazione. Stalking!» Madeline spinse di lato Konstanze e corse via. Forse non era giusto lasciarla a spiegare tutto; ma lei avrebbe cavato gli occhi al nonno, se anche solo avesse aperto la bocca.

Nell'ingresso si fermò un attimo indecisa. Poi si mise stivali e cappotto e corse fuori di casa.

Nevicava di nuovo e l'aria era chiara e fresca. Si mise al passo di corsa e fece una corsa attorno all'isolato. Quando fu giunta di nuovo davanti alla porta di casa, la Passat dei nonni si trovava ancora là; ovvio — erano venuti a cena. E avevano da discutere.

Nonostante gli stivali pesanti, i piedi le erano diventati freddi e il viso le bruciava. Ma non c'era alcuna garanzia che Bruno le permettesse di ritirarsi in camera sua. Si tirò più su la sciarpa sul viso e continuò a correre.

Poi improvvisamente si trovò davanti alla casa in cui viveva Chris. Però non poteva proprio andare da lui nel suo appartamento; se qualcuno avesse visto! Infreddolita, camminava faticosamente su e giù.

Il nonno poteva aver assunto un detective: ne sarebbe stato capace. Non arretrava certo davanti a nulla. Di fronte c'erano molte finestre illuminate. Là qualcuno poteva essere appostato dietro una tenda. Ma allora non avrebbe dovuto vederlo? O c'era qualcuno da Chris nella tromba delle scale?... Aveva decisamente troppa fantasia.

Continuò a correre avanti e indietro; di volta in volta fino all'incrocio successivo. Intanto il freddo le si infilava sotto la gonna. C'erano di sicuro venti gradi sotto zero. Come minimo. Denaro non ne aveva portato con sé; così non poteva andare da qualche parte in un bar a scaldarsi e taxi di qui non ne passavano.

Si guardò attorno ancora una volta. Per strada non c'era nessuno. E se qualcuno l'avesse vista entrare — come avrebbe fatto a sapere che stava andando da Chris? Se mai qualcuno l'avesse riconosciuta, con la faccia imbacuccata.

Suonò. Non si sentì nessun apriporta e il citofono rimase muto. E se non era affatto in casa?

Premette sulla plancia dei campanelli; la sera così presto, di sicuro uno dei vicini avrebbe aperto. Alla fine il citofono gracchiò e si sentì una roca voce femminile.

«Ho un messaggio importante per il signor Rinehart» mentì Madeline. «Posso metterglielo nella cassetta delle lettere?»

Prima ci fu un borbottìo, poi l'apriporta ronzò.

Sollevata, Madeline aprì la porta con una spinta. La accolse un piacevole tepore.

E ora che faceva qui? Evidentemente Chris non era in casa. Si sedette sulla scala accanto al termosifone e si tolse i guanti per scaldarsi le dita contro il calorifero. Prima di tutto, scongelarsi; poi sarebbe stato abbastanza tardi per evitare i nonni rincasando.

Il calore la rese sonnolenta. Si appoggiò contro il termosifone e sonnecchiò. Doveva ancora fare i compiti, una volta tornata a casa. Formulò mentalmente le prime frasi del saggio sulla politica dell'OAS. Con la speranza di non dimenticarsele.

Sussultò quando la porta si aprì. Chris la fissò incredulo per un momento. «Madeline!» Con due rapidi passi fu davanti a lei e la sollevò.

Le sue ciglia luccicavano umide; la neve si scioglieva sulle sue spalle. Al profumo del suo dopobarba si mescolava l'odore pungente del fumo e sul viso aveva una vasta contusione.

Madeline allungò una mano verso di essa. «Hai avuto un incidente!»

Lui rise rauco. «Solo un graffio. Una trave che non sono riuscito a schivare abbastanza velocemente.»

«Il tuo lavoro è pericoloso.» Suonò veramente sgomenta; che indecoroso.

***

Chris sentì il panico nella sua voce. Per quanto lo aveva aspettato? Conosceva i suoi turni — aveva avuto paura per lui? Gli venne un nodo in gola per la commozione.

Le staccò la mano dal proprio viso e vi soffiò dentro un bacio. «Ti preoccupi per me?»

Lei non dovette rispondere: il suo sguardo diceva tutto. Quella ragazza era semplicemente incredibile. Lui chiuse un attimo gli occhi per dominare i propri sentimenti.

Lei colse l'occasione, si allungò verso di lui e lo baciò. Spinse esigente la lingua tra le sue labbra; lui cedette e la lasciò entrare.

La prese per le spalle e la premette contro di sé. Ma gli spessi cappotti impedivano che i loro corpi si toccassero e all'improvviso lui non poté più sopportarlo. Le infilò la mano nel cappuccio, trovò il collo del maglione e fece scorrere la punta delle dita lungo la clavicola.

Madeline rispose con un sussurro che le venne dal profondo della gola e lo eccitò enormemente.

Respirando affannosamente si liberò dal suo bacio. «Ti porto a casa.»

Madeline rabbrividì. «Ho freddo. Sono tutta infreddolita.»

Lui annuì. «Non mi sorprende.»

«Non posso prima scaldarmi da te?» I suoi occhi brillavano; aveva dei secondi fini. Cosa si immaginava? Di poterlo sedurre? E aveva proprio ragione.

«No!» Le afferrò la mano. «Dovresti essere a letto con una borsa dell'acqua calda. A casa.» Quando spostò in avanti il labbro inferiore imbronciata, lui strinse gli occhi a fessura e si rifugiò dietro un ammonimento rabbioso. «Come vuoi ficcarti in testa qualcosa, se sei troppo malata per studiare?»

Probabilmente questo aiutò, perché lei annuì arrendevole. «Forse hai ragione.»

La prese per la spalla e le risollevò il cappuccio sui capelli. «Vieni; nella mia auto fa ancora caldo.»

Madeline si imbacuccò nel cappotto e si mise le mani sotto le ascelle, camminando accanto a lui verso la porta. Aveva chinato la testa e non disse più una parola finché lui non si fermò davanti alla casa dei suoi genitori.

Lei si guardò attorno; poi indicò una delle auto mezze innevate. «I miei nonni sono ancora qui.» Sospirò e allungò la mano verso la maniglia. Ma poi si voltò ancora e gli diede un rapido bacio sulla guancia. «Notte, Chris. La prossima volta verrò di nuovo all'allenamento.»

Solo che al momento non c'era nessun allenamento.

Prima che raggiungesse la porta di casa, le venne aperto. La sagoma imponente di George era là sulla soglia. Sospirando, Chris riavviò il motore.

15

Madeline entrò in casa oltrepassando George in silenzio. Lui la guardò mentre si toglieva stivali e cappotto nell'ingresso.

«Dov'eri?»

Lei spostò in avanti il labbro inferiore. «A passeggiare.»

«Con questo tempo!»

Madeline alzò le spalle, appese il cappotto fradicio a una gruccia e lo portò in bagno.

Infatti lui la seguì. «Ho visto dalla finestra della cucina che sei scesa dall'auto di Chris. E questo lo chiami passeggiare?»

«Non sono affari tuoi, nonno!» Strinse i pugni per dominare la sua collera. «Tu non devi dirmi niente!»

«Siccome si tratta di faccende del circolo, sono responsabile per te.» Alzò la voce. «Non lascio che un intruso americano rovini la reputazione del mio circolo.»

Del suo circolo! Quando era diventato così egocentrico? Madeline lo fulminò. Non lo riguardava quello che Chris faceva nel suo tempo libero.

Prese l'asciugacapelli dall'armadietto a specchio e si sedette sul bordo della vasca per asciugarsi i capelli. Posizionato sul livello più caldo, l'asciugacapelli faceva così rumore che lui avrebbe dovuto urlare per riuscire a farsi sentire.

Lui la guardò per un momento, poi si voltò e tornò in cucina.

Madeline se la prese comoda. Quando i capelli furono asciutti, li spazzolò a lungo e alla fine li legò in una spessa treccia. Poi si tolse il mascara sciolto e si spalmò della crema sulle guance arrossate dal freddo. Le sue labbra erano screpolate; così nessuno avrebbe pensato che fosse stata baciata. Contemplò la propria immagine nello specchio scuotendo la testa. Non era stata baciata; aveva baciato.

Prendere tempo non serviva a nulla. Il nonno sembrava deciso ad aspettare finché non fosse riemersa dal bagno. E poi forse non era stato così saggio lasciarlo da solo con gli altri. Raddrizzò le spalle e uscì dal bagno. Nell'ingresso si cambiò le ciabatte con delle pantofole coi tacchi alti per sembrare ancora più imponente.

Konstanze era vicino al fornello e versava l'acqua per una tisana. «Ora hai bisogno di qualcosa di caldo». Con ancora il bollitore nella mano destra, passò una tazza a Madeline. Tutto questo era un messaggio silenzioso per dirle che stava come sempre dalla sua parte.

Madeline prese dall'armadietto un cucchiaio e il miele. «Sei un tesoro, maman.»

Le si posizionò accanto mentre lei sorbiva lentamente la tisana calda. Un fronte comune contro il nonno. «Avete avanzato ancora qualcosa dalla cena?»

Konstanze indicò il frigorifero. «Però devi scaldartelo da sola.»

«Ma certo.»

George spostò lo sguardo avanti e indietro tra Bruno e Konstanze e sembrò occupato a scandagliare la situazione; ma non disse nulla. Konstanze era riuscita a tirare Bruno dalla sua parte?

Dopo che i nonni se ne furono andati, Konstanze riempì un piatto con verdura e carne e lo mise nel microonde.

Bruno infilò la mano nel cassetto e ne estrasse delle posate. «Cosa hai fatto in realtà?»

Madeline era tentata di raccontargli qualcosa, ma Konstanze alzò le sopracciglia per metterla in guardia. «Stavo facendo jogging. E poi avevo troppo freddo per correre di nuovo tutta la strada per tornare a casa.» Ma a questo punto esitò un attimo. «So dove abita il *caller* del gruppo di *square dance*. Quindi mi sono fatta semplicemente accompagnare a casa in macchina da lui.»

«Nient'altro?» Bruno era ancora sospettoso; e aveva ragione.

Madeline sbuffò. «Se fosse dipeso da me...»

L'occhiata di Konstanze le disse che avrebbe fatto meglio a confessarsi con Bruno.

«Io lo amo!» Le vennero le lacrime agli occhi. «Ma lui... Non so. Mi ha respinto. Un'altra volta.»

«Un'altra volta?» Bruno alzò la voce. «Vuol dire che ti sei gettata tra le sue braccia?»

«Ne ero certa...» Un singulto la fece balbettare. «Chris dice che è il mio istruttore e che sono troppo giovane. Però intanto...»

«Si comporta in modo saggio, bambina mia» disse Konstanze. «Non hai capito che lo metti nei pasticci? Tuo nonno non conosce misura.»

«Insomma, quanti anni ha questo Chris?» Bruno molto pratico.

Madeline alzò le spalle. «Non lo so. E non mi interessa.»

Gli occhi di Bruno divennero una fessura. «Dunque decisamente più vecchio. E che tipo è?»

«Papà! Mi interroghi come se lui fosse un candidato al matrimonio.»

«Non lo è? ... Se per te è una cosa seria...»

«Lavora nei vigili del fuoco, Bruno. Me l'ha raccontato tuo padre.» Konstanze sorrise e parve improvvisamente divertita. «Forse lo lega a Madeline qualcosa di più della faccenda della danza. È infermiere.»

«Ha una formazione da paramedico» precisò Madeline.

Bruno afferrò il suo calice da vino e vi vuotò la bottiglia. Diversivo o tempo per riflettere? «In ogni caso, sembra essere una persona consapevole della propria responsabilità.» Prese la mano di Madeline e la strinse. «Tuttavia tu non gli correrai dietro. Sarà lui a dirti se è interessato a te.»

«Io...»

Bruno la interruppe con un gesto brusco. «Non metterti in ridicolo. Inoltre... Anzi, ti disprezzerebbe.» Il suo sguardo andò a Konstanze. «L'amore funziona diversamente.»

«Basta adesso; mangia, bambina mia.» Konstanze estrasse il piatto dal microonde.

«Puoi venire da noi per qualsiasi problema; lo sai, non è vero?»

Madeline annuì con la bocca piena. Era abbastanza per quella sera. Forse anche il nonno non avrebbe più detto niente; ora, dopo che aveva visto di essere solo.

16

Diciotto!

Il nonno doveva solo azzardarsi a mettere bocca ancora una volta nelle sue faccende. Nonostante non ne avesse più bisogno. Il circolo aveva richiamato Chris e ripreso la *square dance*, ma visti i rimproveri di Bruno, Madeline non era andata all'allenamento. Chris sapeva come poteva rintracciarla, se ci teneva.

Invece, la sera prima del suo compleanno, si era incontrata con Hinnerk al gruppo di ballo. Era stato piacevole e il ripasso dei passi di danza estremamente utile. In effetti lei ne aveva già dimenticati alcuni. Il che ovviamente era del tutto contrario allo scopo dell'esercizio.

Il nonno era stato seduto al bar come ogni venerdì e l'aveva salutata con molto entusiasmo. Pensava che ora sarebbe ritornata regolarmente? Probabile. Assetata di vendetta, aveva rinunciato a correggere il suo errore.

Tanja arrivò con Hinnerk al seguito nella pizzeria dove Madeline festeggiava il suo compleanno. Ognuno di loro teneva tra le mani un pacco di grandezza spropositata. La dimensione era un fake: da come li reggevano, erano molto leggeri. Prese loro i regali sogghignando e li posò insieme agli altri contro la vetrata.

Tanja si sedette vicino agli studenti del Liceo Francese che conosceva ancora almeno di vista.

Hinnerk si fermò accanto a Madeline. «Tra poco devo andare all'aeroporto.» Sorrise debolmente e le tirò una ciocca di capelli. «Ma ovviamente non potevo mancare di venire a farti gli auguri.» Il suo sguardo divenne carico di aspettativa. «Diciotto. Cosa ne farai della tua nuova libertà?»

«A cosa ti riferisci?»

Lui la guardò arguto. «Se non lo sai tu...» Poi l'espressione acuta svanì dal suo viso. «Per il ballo di carnevale sarò di nuovo qua. Certo non mi perderò il nostro appuntamento.»

Quale appuntamento? Passò un minuto; poi cominciò a ricordarsi di cosa parlasse.

«Non so...» Si voltò leggermente di lato. «In realtà non ho più niente a che fare con il circolo.»

«Dai, vieni! È un buon esercizio. In fondo hai imparato questa roba del ballo per qualcosa del genere.»

Lei corrugò diffidente la fronte. «Perché ci tieni così tanto?»

«Perché tengo a te. Lo sai benissimo!» Certamente. Ma non voleva dargli speranze che poi doveva deludere. Non se l'era meritato.

Le diede un colpetto sul naso. «Così difficile decidere?»

«Oh, Hinnerk; anch'io tengo a te. Però...»

«Potrei fraintendere? Non lo faccio. Ma potresti almeno darmi una chance.»

«Un'altra?» sbottò lei. Doveva essere una battuta.

«Ma perché, ne ho mai avuta una?» La sua voce era roca; lo aveva ferito.

Lei esitò per un momento, poi scosse la testa. «Non so. Non credo.»

«Allora non ho più speranze di ottenerne una adesso.» Tornò a sorridere, sebbene dovesse sicuramente essere deluso. «Ma una bella serata possiamo godercela. In tutta amicizia.» La guardò implorante.

«Va bene, allora. Vengo.» Di certo questo non poteva negarglielo. «Ma mi troverai in mezzo a tutte quelle maschere?»

Lui sbuffò. «Quasi nessuno indossa una maschera ai balli del circolo. I berlinesi non sanno come si festeggia il carnevale.»

«Io indosserò lo stesso una maschera» dichiarò con fermezza.

Per il suo impeto, la buffonaggine gli affiorò nella coda dell'occhio. Ma lei non stava scherzando. Chissà se sarebbe bastata a nascondersi da Chris?

«Ti riconoscerò. Infatti ti procurerò io la maschera.» La consueta allegria di Hinnerk era ritornata. «Te ne porto una. Da Bali o giù di lì. Negli aeroporti in Asia vendono di tutto.»

Una maschera da Bali, mica male!

Era spaventosa. Hinnerk le portò la maschera due giorni prima del ballo, subito dopo l'atterraggio. Madeline, conformemente al tema del ballo, aveva scelto un vestito a quadretti in stile Biedermeier con le maniche a gigot; ma quando vide la maschera, cambiò il suo piano. Con quella ci voleva qualcosa di marziale.

Con così poco preavviso, il noleggio di costumi ormai le offrì solo la scelta tra un costume da vampiro, con le maniche svolazzanti che probabilmente dovevano rappresentare le ali, e un costume da pirata che in realtà era pensato per un uomo. Quando lo provò, il costume da pirata le cadeva come a uno spaventapasseri; lo prese lo stesso.

Nella sala grande del circolo, si alternavano Gaston Berraque, uno studente dell'accademia musicale, e un combo che sapeva suonare non solo il jazz, ma anche i comuni balli lisci. Nella seconda sala la musica proveniva dallo stereo, il che era emblematico del valore attribuito ai balli da discoteca. Venne anche un po' ridotto il divertimento dei ragazzi, in quanto il sound della disco non doveva disturbare i ballerini accanto. Almeno avevano un dj — Chris, che quella sera di conseguenza parlava inglese per distinguere palesemente il programma dai membri più anziani del circolo.

George spinse inesorabilmente Madeline nella sala da ballo per "adulti", come la chiamava lui. Era esattamente come aveva temuto. La maggior parte era mascherata piuttosto controvoglia; alcuni proprio per nulla.

Marga si era data un gran daffare, aveva decorato i tavoli con stelle filanti e coriandoli e appeso dei lampioncini a corde avvolte in materiali colorati attraverso la sala. Ma questo era l'unico elemento che conferiva un tocco carnevalesco alla sala. Su tutti i tavoli si trovavano delle matite corte, che George stesso fissava sorpreso.

I nonni non erano mascherati — il che significava che anche la sua maschera era senza valore. Tutti potevano immaginare chi lei fosse. Sperava che Hinnerk apparisse presto e la liberasse da quell'atmosfera orribile. D'altra parte — lì accanto c'era Chris. Se fosse comparsa lì insieme a Hinnerk, probabilmente anche lui l'avrebbe riconosciuta nonostante la sua maschera spettacolare.

Marga passava tra le file — e distribuiva carnet di ballo alle signore. Sembrava divertirsi un mondo per la propria idea. «È in stile con il tema del ballo» — a cui quasi nessuno si era attenuto. Ma nessuna osava rifiutare di ricevere il carnet. Marga li aveva fatti realizzare secondo il modello del tutto tradizionale: all'esterno il logo del circolo e lo spazio per il nome della proprietaria. All'interno tutti i brani musicali con l'indicazione di ballo, titolo e compositore e sotto ognuno una riga per segnare il compagno di ballo.

Ovviamente mezzo mondo venne a salutare George. Quando il primo dei cavalieri chiese a Madeline se avesse un carnet di ballo, lei negò. George la contraddisse furioso e lei dovette concedere un ballo a quel cavaliere. Ma quando poi Robert Merck si diresse verso di lei, cancellò rapidamente alcuni balli.

«Il mio compagno non c'è ancora. Questo complica un po' la situazione.»

Lui sorrise con aria di sufficienza. «Se fossi venuta con me, io non ti avrei piantata in asso.»

«Hinnerk non mi ha piantata in asso! Lavora.» Ma per un momento non ne fu così sicura. Hinnerk era stato strano, quando le aveva portato la maschera. E quando gli aveva chiesto di andarla a prendere, si era tirato indietro con una scusa misera.

Siccome esitava a lasciare il proprio carnet a Robert, George la guardò decisamente arrabbiato. Stava già aprendo la bocca per dire qualcosa; allora Friederike gli posò la mano sul braccio e lo frenò.

Se ne sarebbero viste delle belle. Se solo fosse rimasta a casa. Con un sommesso brontolìo, consegnò il suo carnet a Robert. Ma poiché lui voleva segnarsi per un secondo ballo, glielo strappò in fretta di mano. Proprio Robert Merck. «Tu non hai il monopolio su di me!»

«Ah sì? Magari Hinnerk? Hai cancellato tutti questi balli per lui?»

Madeline scattò, afferrò la borsetta e si strappò la maschera dal viso. «Lasciami in pace!» Con lo sguardo puntato su George, stracciò il carnet a pezzetti. Doveva solo azzardarsi a dire qualcosa in proposito. «Chi ha avuto quest'idea stupida?» Si scrollò dalle dita i pezzetti di carta gettandoli per terra.

George era diventato rosso e una vena pulsava ben visibile sulla tempia di Robert. Ma nessuno disse nulla; non volevano provocare una scenata.

«Non devi accompagnarmi a casa, nonno. Mi prendo un taxi.»

Perché Hinnerk non era ancora arrivato? Il pensiero di non poter fare affidamento su di lui la rese ancora più furente. Si prese la sua maschera e se ne andò. Sbattè la porta della sala dietro di sé con un colpo intenzionalmente forte.

Quando aprì la porta per la tromba delle scale, si scontrò con Hinnerk.

Sogghignando lui la trattenne. «È già finita la festa?»

Lei gli sibilò con rabbia perché la seguiva ridendo. «Da quello che vedo, nella sala da ballo non ti è piaciuto e ti sei congedata dai tuoi nonni.»

Lei gli sibilò ancora con rabbia.

Lui le prese la mano e la fece girare vorticosamente sul pianerottolo. «Meraviglioso. Dovrebbe essere proprio così!»

«Cosa? Sei diventato matto?» Cercò di divincolarsi, ma lui mise saldamente il braccio sulle sue spalle.

«Vieni! Adesso ti puoi divertire.» La spinse di nuovo su per la scala.

Lei era troppo allibita per opporre resistenza. «Cosa significa?»

«Ti ho aspettato qui. Avevo il presentimento che non avresti resistito a lungo. Balliamo nella sala disco!»

A quel punto ricominciò a strattonarlo per liberarsi. «Oh no! Là non ci entro. Chris fa il dj!»

«Mettiti la maschera. Non ti riconoscerà.»

Di questo non era affatto sicura. Chiuse gli occhi. «Non voglio!»

«Abbiamo un appuntamento; l'hai dimenticato?»

«Mezzora fa.» Snervata, respirava affannosamente.

«Ah sì? Ci eravamo accordati sull'ora?» No, non lo avevano fatto. Era stato intenzionale? «Che ci sarebbe stato anche Chris, potevi aspettartelo.»

«No!» Gli diede un calcio; prima o poi doveva lasciarla andare. «Lui balla la *square dance.*»

«Vuoi dire che non va più in discoteca? Troppo vecchio?»

«Chris non è troppo vecchio!» Perché lo diceva?

«Dai, adesso vieni!» Hinnerk la spinse oltre la porta d'ingresso verso il bar. Si fece dare da Marga due bicchieri di

Prosecco e brindò con Madeline. «Che il resto della serata sia migliore dell'inizio.»

Lei posò il bicchiere senza bere e il naso di lui si arricciò per il divertimento.

Lui estrasse una maschera dalla borsa e si tolse il cappotto. «Comincia la battaglia!»

Quale battaglia? Ebbe di nuovo il sospetto che lui tramasse qualcosa. Prese il proprio bicchiere e lo vuotò in fretta.

Hinnerk aprì la porta della sala disco e *Snow in July* di Marusha risuonò nell'atrio. Si infilarono dentro velocemente. Nella luce soffusa i ballerini erano poco più che ombre che si muovevano in controluce.

Chris aveva voltato la testa verso di loro. La luce che era penetrata attraverso la porta aperta probabilmente aveva attirato la sua attenzione. La stava fissando? Madeline scosse la testa perplessa. Dietro la maschera non era riconoscibile e il costume troppo grande nascondeva le sue forme femminili; ancor più in quell'oscurità. Eppure una pelle d'oca le corse lungo la schiena.

Chris indossava una semplice mascherina veneziana che pareva accentuare ancor più lo scintillìo dei suoi occhi.

«Cosa aspetti?» le gridò Hinnerk all'orecchio. La trascinò sulla pista da ballo.

Madeline chiuse gli occhi e si abbandonò al ritmo della musica. Ma continuava a percepire lo sguardo di Chris. Immobile. Indagatore. Insistente.

Dopo due pezzi veloci ci fu un blues e Hinnerk la strinse a sé. «Meglio qui che la sala accanto, vero?» Era accaldato per il ballo e il suo calore bruciava attraverso il costume di lei. A un tratto le stava troppo vicino e lei tentò di mettere distanza tra loro. Ora ballava con gli occhi aperti e al giro successivo il suo sguardo incrociò quello di Chris. Lui la guardava davvero immobile.

«Chris mi ha riconosciuto. Come?»

«Dal tuo modo di muoverti?» Hinnerk cominciò a canticchiare a bocca chiusa la melodia. Inoltre aveva l'aspetto di un gatto pasciuto. Cosa stava succedendo qui? Nel frattempo lo credeva capace di aver mostrato la maschera balinese a Chris prima di portarla a lei. Non sarebbe nemmeno stata una deviazione.

Il pezzo era finito e lei si liberò. «Ho caldo. Prendiamoci da bere.»

«Ehm. Aspetta qui. Sonderò il terreno. Di sicuro non vuoi che tuo nonno ti veda.» A tre passi di distanza da Chris la lasciò per andare verso la porta. La aprì e guardò fuori circospetto.

Era a dir poco buffo e Madeline scoppiò a ridere. Spaventata, si battè la mano davanti alla bocca; ma ovviamente troppo tardi. Adesso Chris l'aveva sicuramente riconosciuta.

Le montò la collera. Che stupidaggine venire proprio qua. «Che hai da ridere?» gli sibilò. Ma Chris non aveva affatto riso.

«Questo costume ti sta a meraviglia, Madeline.» Come poteva la sua voce suonare ancora così dolce a quel volume, come se lui la accarezzasse?

Madeline avanzò automaticamente. Lo sguardo di Chris bruciava su di lei e il suo battito cardiaco accelerò. Fece ancora un passo. Lo stereo li divideva, ma il suo dopobarba le giunse fino alle narici. O era solo il ricordo di quel profumo? Di associare un odore a un uomo, non se lo sarebbe mai immaginato in vita sua. «È bello che tu ti diverta così tanto.»

«Tu no?» Il suo sguardo andò verso la porta, dove si trovava ancora Hinnerk; poi di nuovo su di lei.

Madeline alzò le spalle. «Ho fatto un favore a Hinnerk.» Per fortuna la maschera nascose il rossore che le salì quando comprese quanto ambigue fossero le proprie parole. «Lui... e poi lui non ha una compagna di ballo fissa, perché è in viaggio così spesso.»

Chris annuì. «Un problema per la *square dance*. Da un pezzo.»

Per il disagio, Madeline muoveva le dita dei piedi per non spostare il peso da un piede all'altro. Anche il suo sguardo andò verso la porta. «Hinnerk aspetta.»

Chris annuì di nuovo.

Lei non si mosse. «Devo...» Si schiarì la gola. «Potrei portarti qualcosa da bere.»

«Sarebbe carino da parte tua.»

Carino! Corse via per non esplodere davanti ai suoi occhi.

«Via libera!» Hinnerk la prese per mano e andò al bar con lei. «Peccato che i tuoi nonni conoscano la maschera.»

Lei si arrampicò su uno degli sgabelli del bar. «Che mi lascino in pace. Carnet di ballo!» Sbuffò. «Questa te la sei davvero persa.»

Marga mise davanti a loro, di propria iniziativa, un Prosecco e una birra. Madeline si spostò la maschera sopra i capelli e si asciugò il sudore dalla fronte con il dorso della mano. Poi bevve tutto d'un sorso. «Non voglio sapere come si sentono le ballerine di samba a Rio. Devono nuotare nella calura che c'è là.»

Hinnerk rise. «Forse vanno davvero a nuotare.»

Madeline porse a Marga il bicchiere vuoto. Marga alzò un sopracciglio.

«Ha diciott'anni, Marga. Non puoi più fermarla.»

Marga biascicò qualcosa e poi riempì di nuovo il bicchiere a Madeline. «Se bevi così velocemente, ti verrà il singhiozzo.»

«Il singhiozzo? Ma va', non cresco mica più.» Vuotò nuovamente il bicchiere d'un fiato. «Questo era per la sete. Il prossimo bicchiere lo bevo con raccoglimento.» Si chinò sul bancone. «Solo se ne hai un'altra marca. Questo qui...» Arricciò il naso.

«Ho anche dell'acqua minerale.» Marga sembrava decisa a fare la guardia.

«Il nonno ha paura che i membri così rispettabili di questo circolo così prestigioso possano alzare il gomito? A carnevale ci si deve ubriacare!» Porse il bicchiere vuoto per il rabbocco e si voltò verso Hinnerk. «O no?»

Lui alzò le spalle. «Io vengo dalla Germania del nord. Là il carnevale si conosce ancora meno che qui.» Madeline afferrò la bottiglia mentre Marga versava. «Lasciala qui; così non devi più preoccupartene.» Sogghignò. «Sarà finito prima che diventi caldo.» Si tastò con cautela le guance. Erano improvvisamente un po' intorpidite. Buffo.

Scivolò giù dallo sgabello del bar e prese il suo bicchiere. «Torniamo a ballare.» Dopo un passo si voltò di nuovo. «Marga, ho promesso a Chris di portargli qualcosa da bere.»

Marga guardava con espressione un po' stupida. Poi prese una birra dal frigorifero e la aprì. Anche Hinnerk guardava; ma sembrava più che altro un'espressione di trionfo, o no?

Madeline prese la bottiglia di birra con l'altra mano e ritornò impettita verso la sala. Hinnerk era vicinissimo a lei; una mano sul suo gomito, come volesse sorreggerla. Ma per aprire la porta dovette lasciarla. L'improvvisa perdita dell'appoggio confuse Madeline e lei si appoggiò a lui.

Chris aveva diretto lo sguardo su di lei, come se l'avesse aspettata. Inoltre era difficile non udire la porta. Come mai Marga non l'aveva fatta riparare da molto tempo? Eppure di solito era così scrupolosa.

La birra schiumò fuori dalla bottiglia per lo slancio con cui Madeline la mise davanti a Chris.

«Grazie!» Fece tintinnare la bottiglia contro il suo bicchiere di spumante. Il CD era terminato e Chris si voltò rapido di lato per metterne su un altro.

«Non abbiamo delle vere canzoni di carnevale?»

«Ma certo! Qui accanto.»

Hinnerk arrivò di fianco a lei. «Se vuoi dondolarti sottobraccio a qualcuno, devi tornare dai tuoi nonni.»

Lei mugugnò. «Ma loro pensano che io sia a casa da un pezzo.» Con il bicchiere di nuovo vuoto diede un colpetto alla bottiglia di birra di Hinnerk. «Ecco, hai dimenticato di portare il Prosecco.»

«Io?» Hinnerk sogghignò.

«Ma sicuro! Forse ti piace considerarmi un mostro, eppure non ho ancora tre braccia.»

«Non perdere la speranza. Magari te ne spunta ancora uno.»

Madeline per un attimo fissò interdetta Hinnerk. Adesso era diventato cattivo? Questo andava oltre le consuete punzecchiature. Ma che diavolo gli succedeva?

«Meglio di no. Poi non mi vuole proprio più nessuno.» Fu colta improvvisamente da un singhiozzo. Quindi non era servito a niente aver bevuto lentamente.

«Proprio più nessuno?» Lo sguardo di Hinnerk deviò per un attimo — verso Chris? «Non sono ancora abbastanza quelli che ti fanno la corte?»

«Pah! E che me ne faccio di loro? Poppanti. Marmocchi. Sbarbatelli.» Si rese conto dell'espressione ferita sul viso di Hinnerk e si batté sgomenta la mano sulla bocca. «Non mi riferisco a te.» La maschera le punse le dita; abbassò la mano.

Con la coda dell'occhio sbirciò verso Chris. Lui guardava impassibile. «E non mi riferisco nemmeno a te!» Fu colta ancora da un singhiozzo; questa volta ne fu felice. Il singhiozzo nascose quanto suonava amara.

Chris alzò un po' di più la testa; il suo sguardo divenne vigile.

Madeline spostò indietro la maschera sui capelli e puntò il dito su di lui. «Tu appartieni all'altra categoria.» Il singhiozzo successivo la interruppe. Chris non si mosse. Lei si avvicinò, si chinò un po' sullo stereo. «Agli altri, quelli che non mi vogliono.» Chris strinse i denti; i muscoli delle sue guance guizzarono.

Il singhiozzo successivo, ancora più violento, le fece traballare la mano e lei posò velocemente il bicchiere, direttamente sullo stereo. Chris allungò la mano. Però non afferrò il bicchiere, ma il braccio di lei.

Lei represse un singulto. «Tu non mi vuoi!»

«Madeline!» I suoi occhi la supplicavano e lei si chiese per che cosa lui la supplicasse.

«Mi tartassi in continuazione.»

«Non volevo ferirti.» Questa suonava debole; non era una scusa seria.

Lei lo fulminò. «Però lo hai fatto. Più di una volta. E io...» Sprizzava scintille di rabbia. «Per causa tua ho piantato in asso il gruppo. Non posso sopportare di vederti!»

Lui deglutì forte.

«Perché stai qui allora?» chiese Hinnerk da dietro.

Lei si girò vorticosamente. «Perché mi ci hai costretto tu!» Cercò di sovrastare la musica. «Intanto tu lo sapevi che lui era qui.»

«E tu non lo sapevi?» Hinnerk rise sardonico.

«Madeline.» La voce di Chris dietro di lei era bassa; tuttavia, stranamente, lei lo sentì. Poi notò che la musica era cessata.

Si voltò di nuovo e indicò lo stereo. «Trascuri il tuo lavoro.» Lui non si mosse.

Lei guardò di lato. Ovviamente, ora avevano addosso gli occhi di tutti. Le mancava solo questo; se qualcuno lo raccontasse al nonno.

Un ulteriore singhiozzo le impedì di parlare. Si premette le mani sul diaframma dolorante. E poi ebbe la sensazione che a breve si sarebbe sentita male. Deglutì a fatica.

Hinnerk la spostò delicatamente un passo di lato e andò da Chris dietro allo stereo. «Ti sostituisco io.» Strinse brevemente il braccio di Chris.

Chris respirò profondamente e si avvicinò a Madeline, lo sguardo fisso sul suo viso. Si avvicinò così tanto che i loro fianchi si toccarono e in Madeline salì un'onda calda. Gli afferrò la spalla.

La voce di Chris divenne più severa. «Hai bevuto troppo, Madeline!»

Lei drizzò il capo. «Beh...» un singhiozzo... «beh, allora? Adesso ho diciott'anni. Non dovete più impormi nulla!» Tentò di fulminarlo con uno sguardo di sfida; ma aveva difficoltà a mettere a fuoco. In qualche modo la stanza ruotava intorno a lei. Eppure aveva la sensazione sicura che un sorriso gli si allargasse sul viso.

«Adesso ne hai diciotto? Mi sa che mi sono perso il tuo compleanno!»

«Non eri invitato.» La stanza ruotò più velocemente e si appoggiò a lui.

Chris la circondò con entrambe le braccia e la condusse fuori dalla sala. «Marga, avrà bisogno di qualcosa per la testa.»

«La mia testa sta benissimo.» Si lasciò scivolare sul pavimento contro il bar. «Perché mi torturi, Chris?» Le lacrime le scorrevano sul viso. «Non sopporto di vederti.» Si appoggiò ai pannelli di legno e chiuse gli occhi. Una lacrima le gocciolò sulla mano.

A un tratto, Chris era seduto accanto a lei sul pavimento e la strinse a sé. «Anch'io ti amo.» Le accarezzò i capelli, poi le dita arrivarono alla sua nuca e lui la accarezzò con il pollice, mentre la teneva stretta. La bocca era sulla sua guancia e lui le baciava una lacrima dopo l'altra, lentamente.

«Ho il doppio dei tuoi anni, Madeline. Non ho idea di come possa andare tra di noi. Sei così giovane e...» Si interruppe e la baciò dolcemente sulla bocca. La sua lingua giocò per un attimo con le labbra di lei, poi lui si staccò. «Chissà se abbiamo una chance. Però, diamine, ti amo. Voglio godere di questo tempo con te, non importa come andrà a finire.»

Madeline aprì gli occhi e spostò indietro la testa tanto da poterlo guardare. «Abbiamo molto di più in comune che soltanto la danza.» Volle sorridere, ma una nuova ondata di nausea la travolse. «Vedrai che andrà. In qualche modo.» Gli affondò le dita nelle spalle. «Ci conquisteremo giorno per giorno.» Al diavolo la sbornia! Era felice.

FINE

Se questo romanzo vi è piaciuto, consigliatelo in giro.
Le recensioni sono molto gradite.

Altri romanzi sul Club di Danza Lietzensee:

"Quick, quick, slow – Club di Danza Lietzensee" è una serie scritta insieme a più autrici. Di Annemarie Nikolaus, oltre a "La nipote", sono apparsi in italiano:

Ritorno al parquet

Dopo un grave incidente d'auto, Friederike Lagrange ha dovuto abbandonare il ballo da sala e ha fatto carriera invece come docente universitaria. Ora osa tornare sul parquet con un collega. Ma quando progetta un film sulle danze barocche con il Club di Danza Lietzensee, anche suo marito vuole ballare di nuovo con lei. Riuscirà a risolvere il suo dilemma senza offendere uno dei due?

***

Flirt con una star

L'amore segreto di Tanja Walters è il suo compagno di ballo di *square dance* Micky Hasloff. Tuttavia, quando i ballerini vengono ingaggiati per un western, lei ha un flirt con la star del film, Manolo Rioja. Per gelosia, Micky sabota le riprese. Un incontro con Rioja e sua moglie lo convince che non è la star a ostacolarlo, ma la sua stessa paura. Micky oserà adesso rivelare a Tanja il suo amore?

Sull'autrice:

Annemarie Nikolaus, originaria dell'Assia, ha vissuto per vent'anni nel Nord Italia. Nel 2010 si è trasferita con la figlia in Alvernia, in Francia.

Ha studiato psicologia, pubblicistica, politica e storia e ha lavorato, tra le altre cose, come psicoterapeuta, formatrice di adulti, giornalista, editor e traduttrice.

All'inizio del 2001 ha cominciato a scrivere opere letterarie. Dal 2011 pubblica in modo indipendente.

Blog in italiano: http://bit.ly/2JuLrBl
Twitter: http://twitter.com/AnneNikolaus
Facebook: http://www.facebook.com/AnnemarieNikolaus

******

Pubblicazioni:

In italiano:

Reale Repubblica. Collana „*Mondo in fiamme*". Romanzo storico. Anche tascabile

Lume di speranza. Calendario dell'Avvento. Romanzo distopico. ISBN del tascabile 9782902412433

La Corsara. Collana *"Mondo dei draghi"*. Romanzo fantasy. Anche tascabile

Ridotti al silenzio. Mini thriller. ISBN del tascabile 9782902412730

Storie di magia. Storie brevi per bambini. ISBN del tascabile 9782902412693

Il cavallo di fuoco. Romanzo fantasy. ISBN del tascabile 9782902412709

Oltre la legge. Brevi gialli storici. ISBN del tascabile 9782902412754

La nipote. Collana *"Quick, quick, slow – Club di Danza Lietzensee"*. Romanzo d'amore. ISBN del tascabile 9782902412761

Ritorno al parquet. Collana „*Quick, quick, slow – Club di Danza Lietzensee*". Romanzo sul matrimonio. ISBN del tascabile 9782902412846

Flirt con una star. Collana *"Quick, quick, slow – Club di*

Danza Lietzensee". Romanzo d'amore. ISBN del tascabile 9782902412853

Deceduto. Storie brevi. ISBN del tascabile 9782902412648

Aquitania: La fine di una guerra. Collana *"Ai bordi della strada..."*. ISBN del tascabile 9782902412839

Le edizioni originali tedesche:

Romanzi e racconti brevi

Storico

Königliche Republik. Romanzo storico. ISBN del tascabile 9782902412471.

Verjährt. Brevi gialli storici. ISBN del tascabile 9782902412549.

Giallo

Ustica. Un mini thriller. ISBN del tascabile 9782902412556. Edizione tascabile con buono d'acquisto per l'e-book.

Tot. Storie brevi. ISBN del tascabile 9782902412587

Verjährt. (v.s.) ISBN del tascabile 9782902412549

Fantastico

Die Piratin. Collana *"Drachenwelt"*. Romanzo fantasy. ISBN del tascabile 9782902412495

Das Feuerpferd. Romanzo fantasy, insieme a Monique Lhoir e Sabine Abel. ISBN del tascabile 9782902412501.

Magische Geschichten. Storie brevi non solo per bambini. ISBN del tascabile 9782902412488

Renntag in Kruschar. Collana *"Drachenwelt"*. Antologia fantasy.

Leuchtende Hoffnung. Un romanzo di fantascienza come calendario dell'Avvento. ISBN del tascabile 9782902412563

Rosa

Die Enkelin. Collana *"Quick, quick, slow - Tanzclub Lietzensee"*. Romanzo d'amore. ISBN del tascabile 9782902412518

Flirt mit einem Star. Collana *"Quick, quick, slow - Tanzclub Lietzensee"*. Romanzo d'amore. ISBN del tascabile 9782902412532

Zurück aufs Parkett. Collana *"Quick, quick, slow - Tanzclub Lietzensee"*. Romanzo sul matrimonio. ISBN del tascabile 9782902412525

Saggistica

Da vedere in viaggio

Aquitanien: Das Ende eines Krieges. Collana *"Am Rande des Weges ..."* ISBN del tascabile 9782902412570

La collana su letteratura e libri

Suche Reisebegleitung. Collana *"Fliegende Blätter"*. ISBN del tascabile 9781499608427.

Junge Welten. Collana *"Fliegende Blätter"*. ISBN del tascabile 9781500971991

Alcune opere sono state tradotte anche in altre lingue.

www.ingramcontent.com/pod-product-compliance
Lightning Source LLC
LaVergne TN
LVHW091727190726
843493LV00001B/477